CW01429161

Dr. Wilson

Clara Ann Simons

Dr. Wilson Clara Ann Simons

Dr. Wilson

Clara Ann Simons

Wenn Sie weitere Informationen wünschen oder über neue Veröffentlichungen informiert werden möchten, schreiben Sie uns bitte eine E-Mail an claraannsimons@gmail.com.

Twitter: @claraannsimons1

Index

KAPITEL 1   **5**

KAPITEL 2   **11**

KAPITEL 3   **18**

KAPITEL 4   **27**

KAPITEL 5   **36**

KAPITEL 6   **42**

KAPITEL 7   **49**

KAPITEL 8   **56**

KAPITEL 9   **61**

KAPITEL 10   **68**

KAPITEL 11   **77**

KAPITEL 12   **84**

KAPITEL 13   **90**

KAPITEL 14   **99**

KAPITEL 15   **109**

KAPITEL 16   **119**

KAPITEL 17   **136**

KAPITEL 18   **149**

KAPITEL 19   **152**

KAPITEL 20   **160**

KAPITEL 21   **166**

KAPITEL 22   **172**

KAPITEL 23   **181**

KAPITEL 24   **190**

EPILOG   **197**

WEITERE BÜCHER DER AUTORIN   **201**

Kapitel 1

Siena

„Ich werde mich nicht schuldig bekennen", protestiere ich und verschränke die Arme vor der Brust.

Solange ich denken kann, haben meine Eltern mich mein ganzes Leben konditioniert, und ich habe genug davon. Das schwarze Schaf der Familie zu sein, bringt mir nur Unmut ein, aber ich bin nicht wie sie. Egal, wie sehr ich mich anstrenge, ich werde nie die Tochter sein, die sie sich mit mir erhoffen.

„Du wirst tun, was ich dir sage", bellt mein Vater wütend und blickt mit seinen Augen hilfesuchend zu seinem Anwalt.

„Siena, ein Schuldeingeständnis ist nur eine Formalität, die es dir ermöglicht, dich bestmöglich aus dieser Situation zu befreien", erklärt der Anwalt. „Ich habe bereits mit dem Staatsanwalt verhandelt, und du wirst mit einer Geldstrafe und drei Monaten gemeinnütziger Arbeit davonkommen. Ich versichere dir, dass du nicht vor Gericht gehen willst", fügt er hinzu und zieht seine buschigen Augenbrauen hoch.

Ich stoße ein lautes Schnauben der Missbilligung aus, während mein Blick zum Horizont außerhalb des Fensters wandert. Es macht mir nichts aus, drei Monate Zivildienst zu leisten, ich würde sogar gerne regelmäßig bei einer NRO arbeiten.

Es macht keinen Sinn, das Medizinstudium immer wieder abzubrechen, nur weil mein Vater darauf besteht, dass ich meinen Abschluss machen soll. Ich werde niemals das Familienunternehmen leiten. Ich habe kein Interesse und bin nicht geeignet dafür. Mir ist klar, dass mein früherer Abschluss in Betriebswirtschaft und der medizinische Abschluss, den ich jetzt mache, wertlos sein werden. Völlig nutzlos.

„In Ordnung", stimme ich zu, blinzle und schüttle den Kopf.

Meine Einstellung zaubert meinem Vater und seinem Anwalt ein Lächeln des Triumphs ins Gesicht.

Es ist das erste Mal, dass ich in einem Gerichtssaal bin, und das ist ein ziemlicher Schock. Obwohl ich weiß, dass bereits eine Einigung mit der Staatsanwaltschaft erzielt wurde und es sich nur noch um eine Formalität handelt, zittern mir die Hände. Mein Herz klopft so heftig, dass ich sicher bin, mein Anwalt kann es hören.

„Bitte erheben Sie sich. Fall zweihundertfünfzehn, der Staat Kalifornien gegen Miss Siena Collins. Der ehrenwerte Richter McGrath hat den Vorsitz", verkündet ein Mann mit sehr ernstem Gesicht.

John McGrath wirft mir einen missbilligenden Blick zu und rollt mit den Augen, als er mich auf der Anklagebank sitzen sieht. Ich habe ihn bei mehr als einer dieser Wohltätigkeitsgalas getroffen, die meine Familie organisiert, um unseren Namen reinzuwaschen, und er weiß genau, wer ich bin und wer mein Vater ist. Es ist wahrscheinlich nicht einmal ethisch vertretbar, dass er jetzt über meinen Fall urteilt.

Es herrscht absolute Stille im Raum. Eine ohrenbetäubende Stille, bei der man das Atmen der Person neben sich oder sogar das Gemurmel von Gesprächen außerhalb des Raumes deutlich hören kann.

Nachdem er widerwillig einige Papiere auf seinem Schreibtisch überprüft hat, blickt Richter McGrath auf. Seine Augen durchdringen die Stille wie zwei Dolche, die auf mir verweilen.

„Kennt die Angeklagte die gegen sie erhobenen Vorwürfe?", fragt er.

„Ja", antworte ich mit einem kaum hörbaren Seufzer.

„Wie plädiert die Angeklagt?"

Ich bin kurz davor zu antworten, dass ich mich nicht schuldig bekenne. Ich habe nichts getan, ich werde eines Verbrechens beschuldigt, das ich nicht begangen habe, aber der mörderische Blick meines Anwalts erinnert mich daran, was ich tun muss.

„Schuldig, Euer Ehren", antworte ich wütend und beiße mir auf die Unterlippe, bis ich mein eigenes Blut schmecke.

„Da die Staatsanwaltschaft und die Verteidigung nun eine für beide Seiten zufriedenstellende Einigung erzielt haben, verurteile ich die Angeklagte zu einer Geldstrafe von fünftausend Dollar und drei Monaten gemeinnütziger Arbeit. Die Angeklagte wird gewarnt, dass die Nichteinhaltung der von diesem Gericht verhängten Strafe zu einer Gefängnisstrafe führen wird", sagt Richter McGrath mit einer Stimme, die im ganzen Gerichtssaal widerhallt. „Der dreimonatige Zivildienst soll im Collins Memorial Hospital in Los Angeles abgeleistet werden", fügt er hinzu und lässt mein Herz stehen bleiben.

Du verdammter Mistkerl! Ich kann nicht glauben, dass mein Vater mir das antut.

„Euer Ehren", unterbreche ich, obwohl ich weiß, dass ich nicht befugt bin zu sprechen.

Richter McGrath sieht mich überrascht an und blickt dann auf den Anwalt, den mein Vater engagiert hat. Er hält es wahrscheinlich für eine sehr gute Idee, dass ich im Krankenhaus meiner Familie Zivildienst leiste, und er hat sich mit ziemlicher Sicherheit mit meinem Vater darauf geeinigt. Ich hingegen habe mir geschworen, niemals einen Fuß in dieses verdammte Krankenhaus zu setzen, egal wie sehr mein Großvater es gegründet hat.

„Bei allem Respekt, Euer Ehren, ich bitte darum, die gemeinnützige Arbeit woanders zu leisten. Es geht mir mich nicht um die Bedingungen, nur um das Collins Memorial Hospital."

„Miss Collins", sagte Richter McGrath und sah mich über seine Brille hinweg neugierig an, "ich habe meine Entscheidung getroffen. Ich erinnere Sie daran, dass die Nichtbefolgung der von diesem Gericht verhängten Strafe Ihre Inhaftierung bedeuten würde. Wenn Sie uns jetzt entschuldigen, ich habe noch andere Fälle als Ihren zu bearbeiten", fügt er verächtlich hinzu.

Meine Seele fällt mir zu Füßen. Ich schaue zu den hinteren Bänken, wo mein Vater sitzt. Er weiß, dass er den Kampf gewonnen hat, und ein breites Lächeln umspielt seine Lippen. Wenn Blicke töten könnten, würde er sich vor Schmerzen auf dem Boden winden. Vielleicht habe ich auch eine obszöne Geste mit dem Mittelfinger meiner rechten Hand gemacht, aber der Schock über den Satz, den ich gerade gehört habe, hindert mich daran, klar zu denken.

Am Ende hat es mein Vater geschafft; er hat sich wie immer durchgesetzt. Er ist es nicht gewohnt zu verlieren, er macht alles richtig. Alles, außer ein guter Vater zu sein. Das war noch nie sein Ding. Vielleicht war mein Großvater genau so wie er, und deshalb verhält er sich so. Das Einzige, was ich weiß, ist, dass er, solange ich mich erinnern kann, glaubt, dass Geld die Liebe ersetzen kann. Er und alle seine Freunde, denn die Hälfte meiner Klassenkameraden an der öffentlichen Schule, die ich besuchte, sind genauso abgefuckt. Wir leben von den Sitzungen beim Psychiater und vom Alkohol.

Kapitel 2

Sofia

„Das hat man davon, wenn man sich mit Jungs trifft!",
antwortet Arya mit ihrer typischen Taktlosigkeit.

Egal, wie oft ich ihr erkläre, dass es nichts damit zu tun
hat, sie wird nicht zur Vernunft kommen. Sogar Laura
und Daniela sind auf meiner Seite, aber sie macht auf ihre
Weise weiter.

„Das Problem bin ich, nicht meine Partner", gebe ich
zu. „Meine Beziehungen sind nicht von Dauer, weil ich
so viele Stunden im Krankenhaus verbringe und ich bin
wie eine emotionale Achterbahn, je nachdem, ob meine
Patienten geheilt werden oder nicht. Paul war großartig,
er konnte es einfach nicht mehr aushalten."

Und als ich mir meine eigenen Worte anhöre, wird mir
einmal mehr bewusst, wie sehr ich mein Leben ändern
muss, wenn ich möchte, dass meine Beziehungen eines
Tages funktionieren. Das Problem sind nicht mehr die
Stunden, die ich im Krankenhaus verbringe. Arya
verbringt die gleichen oder mehr Stunden wie ich, und

nach zwei Jahren Ehe mit Patricia geht es ihnen noch genauso gut wie am ersten Tag.

Der größte Stolperstein ist, wie sehr ich von meinen Patienten, insbesondere Kindern, beeinflusst werde. Ich bin ein sehr einfühlsamer Mensch und leide unter ständigen Höhen und Tiefen je nach ihrer Entwicklung. Jedes Mal, wenn ich einen krebsfreien Patienten entlasse, schwebe ich mehrere Tage lang auf Wolken des Glücks. Wenn ich dagegen einen von ihnen verliere, werde ich depressiv und falle in die Hölle. Ich dachte, dass es mit der Zeit vorbeigehen würde oder dass ich mich zumindest daran gewöhnen würde, so dass es mich nicht mehr so sehr beeinträchtigen würde. Stattdessen bin ich mit meinen sechsunddreißig Jahren noch genauso betroffen wie am ersten Tag.

„Ich denke ernsthaft über einen Wechsel des Fachgebiets nach", verkünde ich zur Überraschung meiner Kollegen.

„Du bist eine der besten Onkologinnen, die ich kenne, Sofia", versichert mir Daniela McKenna, die mich über ihre Hornbrille hinweg ansieht.

Ich habe mit ihr viele Gespräche über dieses Thema geführt. Schließlich hat Daniela die meiste Erfahrung mit Komplikationen bei Patienten. Viele Jahre lang führte sie die kompliziertesten Herzoperationen des Landes durch, während sie in Boston lebte, und sie selbst überlebte vor etwas mehr als vier Jahren eine sehr aggressive Krebserkrankung.

Die Überwindung dieser Krankheit hat ihr Leben verändert, und sie ist jetzt viel glücklicher, weil sie weniger Stunden arbeitet und nicht mehr zwanghaft nach Erfolg und Prestige strebt.

Natürlich sieht sie so verliebt in Laura aus, dass es das leichter macht. Vor drei Wochen waren wir zum Abendessen bei ihnen zu Hause eingeladen, und der Anblick der beiden in einer entspannten Atmosphäre mit ihrer kleinen Tochter brachte selbst Aryas hartes Herz zum Schmelzen.

„Du bist so eine Idiotin!", protestiert Arya mit vollem Mund, nachdem sie in einen Spieß Omelett gebissen hat: "Wie willst du denn deine Spezialität ändern? Ich sollte dir eine gute Freundin vorstellen und sehen, ob wir dich nicht auf unsere Seite ziehen können", scherzt sie.

Ich schüttle amüsiert den Kopf über ihre Worte. Sie hat öfter versucht, mich potenziellen Freundinnen vorzustellen, als ich mich erinnern kann, ohne sich darum zu kümmern, dass ich heterosexuell bin.

„Wie geht es den Praktikanten dieses Jahr?", fragt Laura in einem Versuch, das Thema zu wechseln, als sie merkt, dass ich anfange, mich etwas unwohl zu fühlen.

„Ein blutiges Durcheinander, wie immer", beschwert sich Arya.

„Erinnerst du dich nicht daran, als du eine von ihnen warst?", fragt Daniela.

„Es ist unmöglich, dass sie so verloren sind, als hätten sie kein Medizinstudium absolviert", betont der Chirurg.

„Du warst unerträglich, Arya", unterbricht Gabriela, die Oberschwester der Chirurgie, woraufhin der ganze Tisch in Gelächter ausbricht. „Du hast niemandem zugehört und obendrein hast du versucht, jede mit Titten aufzureißen."

Ich kannte sie in diesen Jahren nicht, aber ich kann mir eine viel jüngere Arya vorstellen, die mit ihrem typischen Selbstbewusstsein mit den erfahrensten Chirurgen streitet und versucht, mit den anderen Insassen zu flirten. Ich glaube, der ganze Tisch denkt das Gleiche, wenn man das Lächeln auf den Gesichtern der anderen sieht.

„Ihr seid verdammte Arschlöcher!", protestiert sie und kneift die Augen zusammen.

„Die Praktikanten in meiner Abteilung sind nicht schlecht, sie sind sehr lernwillig", gebe ich zu und nicke mit dem Kopf. „Was ich sehr seltsam finde, ist, dass der ärztliche Direktor mich in sein Büro rief und mir mitteilte, dass morgen ein Mädchen zu uns stoßen wird, das zwar Medizin studiert, aber ihr Studium noch nicht abgeschlossen hat. Er sagt, es sei eine vorübergehende Sache. Ist euch so etwas schon einmal passiert?"

„Wenn sie keinen Abschluss hat, darf sie keine Patienten betreuen. Und du musst dich um sie kümmern?", fragt Daniela auf eine seltsame Art und Weise.

„Ja, das habe ich auch gedacht. Das Mädchen wird mir nichts nützen, wenn sie nicht mit den Patienten interagieren kann. Ich werde sie den ganzen Tag an mir kleben haben, sie wird eine Plage sein", beschwere ich mich.

„Andrew ist ein Arschloch", ist die einzige Antwort, die ich von Arya bekomme. „Wahrscheinlich ist sie die Tochter eines Freundes."

Ich lege meine Hand an die Stirn, weil mein Freund heute so intensiv ist, und tausche einen kurzen Blick mit Laura, die den Kopf schüttelt.

„Sie war schon immer so, aber wir lieben sie trotzdem", scherzt sie, zuckt resigniert mit den Schultern und deutet mit dem Kinn auf den Chirurgen.

Die Wahrheit ist, dass Arya, wenn man sie nicht kennt, wie ein Punk wirkt. Sie ist in einem der schlimmsten Viertel von Los Angeles aufgewachsen und hat sich zur Leiterin der Chirurgie in unserem Krankenhaus hochgekämpft. Wenn man jedoch ihr Vertrauen gewonnen hat, ist sie die beste Freundin, die man haben kann. Die Art, von der man weiß, dass sie immer für einen da sein wird, die Art, die unter allen Umständen an jemandes Seite stehen wird. Die Art, die alles für einen tun würde.

„Sie haben dir keine Erklärung gegeben?" Laura ist überrascht.

„Keine. Er sagte nur, dass es vorübergehend und nicht verhandelbar wäre. Wahrscheinlich ist es so, wie Arya sagt, die Tochter eines Freundes, die im letzten Jahr ihres Studiums sein wird, und sie soll die verschiedenen Bereiche des Krankenhauses kennen lernen", gebe ich zu.

„Trotzdem sollten sie das nicht tun, bevor sie den Abschluss hat", meint Daniela, die mit dieser Nachricht weniger einverstanden zu sein scheint als ich.

16

„Sieh es doch mal so", unterbricht Arya. „Wenn sie nicht für das Krankenhaus arbeitet, kannst du mit ihr rummachen. Du verstößt gegen keine dieser nutzlosen Regeln, die uns die Personalabteilung vorgibt", fügt sie hinzu und öffnet ihre Hände.

„Wenn deine Frau dich hört, schläfst du heute auf dem Sofa", werfe ich ihr vor.

„Patricia weiß, dass ich nur scherze und dass ich nur Augen für sie habe", gibt Arya mit einem jugendlichen Lächeln zu.

Seit sie ihre Frau kennengelernt hat, erkennen wir sie kaum wieder, sie ist total verliebt und sogar ein Stubenhocker geworden. Die Arya, die früher die angesagtesten Bars in Los Angeles schloss, ist verschwunden. Nun, manchmal tut sie das immer noch, aber jetzt weniger.

Kapitel 3

Siena

"Du musst lernen, was wirkliche Traurigkeit bedeutet."

Das waren die Worte meines Vaters, als ich ihn fragte, ob es einen Grund gäbe, warum ich den dreimonatigen Zivildienst in der Onkologie leisten würde.

So sehr ich auch nicht in diesem verdammten Krankenhaus sein möchte, dachte ich doch, dass ich die drei Monate damit verbringen würde, von Abteilung zu Abteilung zu wechseln. Auf diese Weise hätte ich wenigstens etwas gelernt und vor allem würde ich den Leuten keine Zeit geben, mich mehr als nötig zu hassen.

Sobald sich die Fahrstuhltüren öffnen, atme ich tief ein und stoße die Luft langsam aus, so als wollte ich mich in der Sicherheit der Vergangenheit verankern. Ich halte ein paar Sekunden inne und schaue mich um. Obwohl es sich um dasselbe Krankenhaus handelt, ist es, als würde man eine andere Welt betreten. In der Onkologie ist es ruhiger, das Personal scheint zu flüstern. Nur das Geräusch der Monitore und das Poltern der Schuhe der

Krankenschwestern auf dem Boden durchbrechen die Stille.

Es sieht aus wie eine gefrorene Kammer mit weißen Wänden, kalt und steril. Sogar die Lichter sind traurig, betäubend, ohne jede Farbe. Der Geruch ist seltsam, wie eine ständige Erinnerung daran, dass hier der Tod wohnt.

„Guten Morgen, ich bin Siena Collins. Ich soll mich bei der Oberschwester vorstellen", grüße ich höflich und versuche, mein bestes Lächeln aufzusetzen, obwohl ich gar nicht hier sein möchte.

Die Krankenschwester, mit der ich gerade gesprochen habe, blickt für ein paar Sekunden von ihrem Computerbildschirm weg und verengt die Augen.

„Sie sind spät dran. Alle Praktikanten haben vor einer Stunde angefangen", sagt sie und tippt weiter.

„Ich bin kein Praktikant. Andrew, ich meine, der ärztliche Direktor hat mir gesagt, ich solle mich hier melden und mit der Oberschwester der Onkologie sprechen", erkläre ich und senke meine Stimme.

Die Krankenschwester schließt die Augen und schüttelt den Kopf, zieht eine Grimasse, als ob meine Anwesenheit sie stören würde, und ruft eine andere Krankenschwester, die etwas älter ist als sie, zu sich.

„Weißt du etwas darüber?", fragt sie und deutet mit ihrem Kinn auf mich, als wäre ich ein hässliches Objekt, das gerade vor ihrem Tresen abgelegt wurde.

„Hallo, mein Name ist Siena Collins", sage ich zu der neuen Krankenschwester, "mir wurde gesagt, dass..."

„Ja, ja, Cristina hat mir eine Nachricht hinterlassen. Ich muss etwas für dich finden, was du tun kannst, bis sie kommt, und du darfst keinen Kontakt zu Patienten oder so haben, richtig?"

„Schätze ich", flüstere ich achselzuckend.

„Bring uns zunächst zwei Kaffees, einen schwarz und einen mit Milch. Und mach schnell, wir haben nicht den ganzen Tag Zeit. Eine unserer Kolleginnen hat sich krankgemeldet und die Ratten im Management haben sich nicht die Mühe gemacht, jemanden zu finden, der für sie einspringt. Komm schon, beeil dich, Mädchen, worauf wartest du noch?", betont die Krankenschwester auf eine sehr schlechte Art und Weise.

Diese Frau ist entweder eine Idiotin oder sie weiß nicht, wer mein Vater ist. Es ist nicht das erste Mal, dass ich gezwungen bin, Zeit in einem der Unternehmen meiner Familie zu verbringen, und ich nehme es immer übel, wie eine Prinzessin behandelt zu werden. Es gibt jedoch einen Mittelweg. Ich möchte wie ein normaler Mensch behandelt werden, und diese Krankenschwester scheint mir ein wenig übertrieben.

Ich möchte nicht gleich am ersten Tag in einen Streit geraten, also nicke ich und gehe in die Cafeteria, um die beiden Kaffees zu holen. Ich bin fast froh, dass Andrew mich nicht gewarnt hat, dass dieses Krankenhaus von meinem Großvater gegründet wurde und immer noch meiner Familie gehört. Ich möchte einmal ein anderer Mensch sein, ein anonymer Mensch. Lieber verdiene ich mir ihren Respekt und werde den Ruf einer verwöhnten Göre los, der mich schon so lange verfolgt, wie ich mich erinnern kann.

Als ich mit dem dampfenden Kaffee zurück auf die onkologische Station gehe, denke ich über die Worte der unhöflichen Krankenschwester nach, die mich betreut hat: "Die Ratten in der Verwaltung haben sich nicht die Mühe gemacht, jemanden zu finden, der den Krankenstand vertritt." Typisch für das Geschäft meines Vaters. Es geht nur um Ergebnisse, alles andere ist zweitrangig. Das gilt auch für die Mitarbeiter und möglicherweise für die Patienten.

Ich schüttele angewidert den Kopf und schreite vorwärts, sobald sich die Fahrstuhltür öffnet, bis ich ...

„Scheiße!", kreischt eine Frau im weißen Kittel, als ich ihr die beiden Kaffees übergieße.

Ich bedecke meinen Mund mit meinen zitternden Händen und starre auf das Chaos. Der große braune Fleck, der sich über das makellose Weiß des Morgenmantels zieht, zeugt von meiner Ungeschicklichkeit. Ich war abgelenkt und habe darüber nachgedacht, was für ein Mistkerl mein Vater sein kann, und ich habe die arme Frau mit Kaffee übergossen.

„Es tut mir leid... Es tut mir wirklich sehr leid", entschuldige ich mich und möchte fast weinen.

Das ist das Letzte, was ich brauchte, um meinen Krankenhausaufenthalt auf dem falschen Fuß zu beginnen. Ich hoffe nur, dass ich diese Ärztin nie wieder sehe.

„Es ist in Ordnung, es war ein Unfall", versichert mir die Ärztin. Wenigstens hat sie mich nicht angeschrien.

„Tut mir leid, ich war etwas abgelenkt und in Eile", entschuldige ich mich erneut. Mit einem kurzen Blick lese ich das Plastik-Namensschild an ihrem Kittel und spreche sie an. „Dr. Wilson, ich kann Ihnen meine Telefonnummer hinterlassen, und ich übernehme die

Kosten für die Reinigung", versichere ich ihr, immer noch zitternd.

Die Ärztin hält inne und starrt mich an. Sie hat wunderschöne Augen. Augen, die Zuversicht ausstrahlen, ich könnte sogar schwören, dass ein kleines Lächeln auf ihrem Mund liegt. Und was für ein verdammter Mund! Wenn die Umstände nicht so beschissen wären, würde ich sie sofort einladen.

„Es tut mir leid, wirklich", flüstere ich verlegen, bevor ich ins Café zurückkehre, um zwei neue Kaffees zu holen.

***

„Wird ja auch mal Zeit!", protestiert die Krankenschwester, die die Getränke für mich bestellt hatte.

„Es tut mir leid, es ist nur so, dass ich auf dem Weg hierher..."

„Ich habe dich nicht um Erklärungen gebeten", unterbricht sie sie noch unhöflicher als zuvor.

„Kristina ist noch nicht gekommen, sie ist noch bei den Praktikanten. Bleib in diesem Raum und versuche, nicht zu stören", sagt die andere Krankenschwester und deutet auf einen kleinen Ruheraum neben ihrem Arbeitsbereich.

„Gibt es nichts, womit ich dir helfen kann?", biete ich an, genervt davon, wie schlecht mein erster Tag läuft.

„Du kannst helfen, indem du uns nicht belästigst. Wir haben wegen der Arschlöcher in der Krankenhausleitung genug zu tun, also geh bitte da rein und lass uns unsere Arbeit machen", fordert sie und zeigt auf die Station.

Ich hebe die Hände zum Zeichen, dass ich mich nicht streiten will, und gehe in das kleine Zimmer, das sie angedeutet hat, um auf die Oberschwester zu warten. Ich sitze auf einem der Stühle und bin erstaunt über das Verhalten dieser Frau. Ich verstehe, dass sie wegen der vielen Arbeit gestresst ist, aber das ist kein Grund, mich so zu behandeln. Die erste Person, die nicht hier sein will, bin ich.

Was für ein beschissener Start. Zwei der Krankenschwestern, mit denen ich jeden Tag arbeiten muss, hassen mich grundlos, und sobald sie herausfinden, wer ich bin, werden sie mich noch mehr hassen. Zu allem Überfluss verschütte ich zwei Kaffees über einen der Ärztinnen. Ich hasse es, an diesem verdammten Ort zu sein.

„Cristina, im Pausenraum wartet eine Siena auf dich", höre ich eine halbe Stunde später.

„Warum hast du ihr nicht gesagt, dass sie in der Cafeteria warten soll?", fragt die, die ich für die Oberschwester halte.

„Wir haben sie in die Cafeteria geschickt, um zwei Kaffees zu holen, und sie hat sie uns zu spät und schlecht gebracht", protestiert die andere Schwester.

„Hast du sie gebeten, dir zwei Kaffees zu bringen?", fragt die Oberschwester in einem Tonfall, der zwischen Erstaunen und Entsetzen liegt.

„Ja, und sie brachte sie spät und schlecht."

Plötzlich herrscht eine unangenehme Stille und ich höre das Gespräch wieder, diesmal im Flüsterton.

„Sagt dir der Name Collins etwas?", seufzt die Oberschwester.

„Ihr Name ist derselbe wie der dieses verdammten Krankenhauses", antwortet die Frau, die mich zum Kaffeeholen geschickt hat, in einem genervten Ton.

„Ihr Nachname ist derselbe wie der dieses Krankenhauses, weil ihr Großvater es gegründet hat und weil es ihrem Vater gehört", murmelt die Oberschwester, um sicherzugehen, dass niemand sie hört. „Und du hast sie zum Kaffee holen geschickt."

„Oh, Scheiße", murmelt eine der Krankenschwestern.

„Lass sie bitte nicht hier bei uns, Cristina", bittet die andere.

„Gib es an Dr. Wilson weiter, der sehr viel Geduld hat", raten sie.

„Gute Idee", schlussfolgert die Oberschwester, ruft Dr. Wilson an und sagt ihr, dass ich in zehn Minuten in ihrem Büro sein werde.

Und als ich diesen Namen höre, rutscht mir das Herz in die Hose. Es kann nicht dieselbe Ärztin sein. Es ist durchaus möglich, dass es in diesem Krankenhaus mehrere Dr. Wilson gibt, der Name ist ziemlich verbreitet. Bitte lass es nicht dieselbe Dr. Wilson sein, die ich gerade mit Kaffee übergossen habe.

Scheiße, ich kann es kaum erwarten, dass diese drei Monate vorbei sind!

Kapitel 4

Sofia

Ich rieche immer noch den Kaffeegeruch auf meiner Haut, obwohl ich meine Kleidung gewechselt habe. Ich arbeite seit acht Jahren in diesem Krankenhaus und gehe mehrmals am Tag von der Onkologie zur Cafeteria und zurück. Das ist schon mehrere tausend Mal passiert, seit ich hier bin, und es ist das erste Mal, dass zwei Kaffee über mich gekippt wurden.

Zum Glück kam es auf meine Kleidung und nicht auf meine Haut, denn es war kochend heiß. Ich habe Luka schon oft gesagt, dass er den Kaffee nicht so heiß machen soll.

Das Komische ist, dass mir das Mädchen im Aufzug nicht mehr aus dem Kopf geht: Woher kommt sie? Es ist das erste Mal, dass ich sie im Krankenhaus sehe. Zuerst dachte ich, sie könnte eine der Bewohnerinnen sein, denn die neue Generation hat das Zentrum überschwemmt, und sie ist sehr verloren. Ich glaube jedoch nicht, dass einer der Ärzte einen der Assistenzärztinnen dazu benutzen würde, ihr einen Kaffee zu bringen. Das fände ich sehr merkwürdig.

Ich sollte wütend auf sie sein, aber ihr entsetzter Gesichtsausdruck, als sie den Kaffee auf meine Kleidung verschüttete, ging mir wirklich unter die Haut. Sie schien es wirklich ernst zu meinen. Ich würde gerne wissen, woher das Mädchen kommt.

„Was ist los, Cris?", antworte ich, während ich den Hörer abnehme.

„Guten Morgen, Dr. Wilson. Ich schicke Siena Collins in dein Büro, ich glaube, Andrew hat ihr schon gesagt, dass du kommst", sagt die Oberschwester der Onkologie am anderen Ende der Leitung.

Bei ihren Worten dreht sich mir der Magen um. Ich erinnerte mich nicht einmal mehr daran, dass der ärztliche Direktor mir gesagt hatte, dass ich eine Art Praktikant in der Abteilung haben würde, "ein Sonderfall" waren seine genauen Worte.

„Siena Collins? Ist das derselbe Name wie der des Krankenhauses?", frage ich und befürchte das Schlimmste.

„Genau. Sie ist die Erbin des Collins-Vermögens. Ich habe keine Ahnung, was sie in der Onkologie macht, und ich weiß auch nicht, wie lange sie bei uns bleiben wird", gibt die Oberschwester zu.

„Was soll ich mit ihr machen? Andrew hat mir keine Anweisungen dazu gegeben", beschwere ich mich und blinzle.

„Das ist das Problem", gesteht Cristina, "das Mädchen kann nichts tun, weil sie keine Qualifikation hat. Wir können ihr nicht erlauben, mit Patienten zu verkehren, sonst könnten wir einen riesigen Rechtsstreit bekommen, wenn etwas passiert", fügt sie mit einem verärgerten Blick hinzu.

Ich halte kurz inne und versuche, meine Gedanken zu ordnen, bevor ich weiterspreche. Ich sehe keinen Sinn in diesem Mädchen.

„Und was soll ich mit ihr machen? Sie mit einem Klatschmagazin in mein Büro setzen?", frage ich in einem unhöflichen Ton.

„Es ist ein Befehl von oben, es tut mir leid", entschuldigt sich die Oberschwester in einem Tonfall, der wirklich zu sagen scheint: "Das ist jetzt dein Problem, du musst dich damit abfinden."

„Scheiße, Cris. Meine Aufgabe ist es, Krebspatienten zu retten, und nicht, auf eine verwöhnte Göre aufzupassen. Weißt du, wie viel Ärger dieses Mädchen schon hatte?"

„Befehle von oben, Dr. Wilson. Es tut mir so leid",
wiederholt die Krankenschwester, bevor sie auflegt.

Oh, Scheiße! Ich kann nicht glauben, was mit mir
passiert. Als mir der ärztliche Direktor mitteilte, dass ich
eine Praktikantin bekommen würde, dachte ich nicht,
dass es die Tochter des Big Bosses sein würde. Er hat mir
nur gesagt, dass es sich um einen besonderen Fall
handelt. Das ist viel schlimmer, als ich es mir vorgestellt
habe. Dieses Mädchen ist dafür bekannt, dass sie überall,
wo sie hingeht, ein großes Chaos anrichtet. Soweit ich
weiß, sind ihre Eltern an ihr verzweifelt, denn alles, was
sie interessiert, sind Partys, Sex und möglicherweise
Drogen. Und sie haben sie in die onkologische Abteilung
eines Krankenhauses gesteckt. Was zum Teufel haben
die sich dabei gedacht?

Mein lebhafter innerer Monolog führt mich nur in eine
Spirale, in der ich immer wütender werde, bis mich das
Geräusch von Fingerknöcheln an der Tür aus meinen
Gedanken in die Realität zurückholt.

„Mach weiter!", deute ich an und stoße dabei viel Luft
aus.

„Dr. Wilson, darf ich reinkommen? Mein Name ist
Siena Collins und ich wurde geschickt, um mit Ihnen zu
sprechen", fährt sie fort, und mir rutscht das Herz in die

Hose, als ich das Mädchen erkenne, das mich im Fahrstuhl mit Kaffee übergossen hat.

Einen Moment lang frage ich mich, ob es sich um eine dieser Sendungen mit versteckter Kamera handeln könnte, denn was hier passiert, ist nicht normal. Es kann nicht sein, dass das geheimnisvolle Mädchen, das mich heute Morgen dazu gebracht hat, meinen Kaffee zu verlieren, dessen Erinnerung ich immer noch in Form eines Geruchs in meinem Körper trage, niemand anderes ist als die Tochter des Krankenhausbesitzers. Und dann bin ich auch noch diejenige, der sich um sie kümmern muss.

„Oh, verdammt...!", murmelt sie beim Anblick meiner neuen Praktikantin, während sie sich beide Hände vor den Mund hält.

„Komm herein, steh nicht nur herum", sage ich.

„Es tut mir leid wegen vorhin, Dr. Wilson. Wirklich, ich kümmere mich um die ganze Wäsche und..."

„Es ist alles in Ordnung. Ich habe immer saubere Kleidung dabei, man weiß ja nie, was in einem Krankenhaus alles passieren kann", sage ich und zeige auf meine Kleidung.

„Danke", flüstert sie.

Wir stehen einige Augenblicke in unbeholfenem Schweigen, und ich kann nicht umhin zu denken, dass dieses schüchtern aussehende Mädchen vor mir weit davon entfernt ist, wie ich mir die furchterregende Siena Collins vorgestellt hätte. Ich habe so viel Schlechtes über sie gehört, dass ich sie mir ganz anders vorgestellt habe. Stattdessen steht sie vor mir und wirkt fast verletzlich.

„Nun, Siena. Um ehrlich zu sein, weiß ich nicht so recht, was ich mit dir anfangen soll. Andrew hat mir gesagt, dass jemand in die Onkologie kommt, aber er hat nicht gesagt, dass du es bist oder was du tun sollst", gestehe ich und ziehe die Augenbrauen hoch.

„Wenn ich ehrlich bin, bin ich hier in der Pflicht, und ich habe keine Lust, in diesem Krankenhaus zu sein. Und schon gar nicht auf einer onkologischen Station", gibt sie mit einem natürlichen Achselzucken zu.

Wow, sie hat gerade das gute Bild, das ich von ihr zu haben begann, zerstört. Wir haben uns auf dem falschen Fuß erwischt, als ich gerade anfing, sie zu mögen.

„Wenn ich mich nicht irre, hast du keine Qualifikation, die es dir erlauben würde, mit Patienten umzugehen, ist das richtig? Weder in der Krankenpflege noch in der Medizin..."

„Nichts. Ich studiere Medizin, aber es läuft nicht so gut", gibt sie zu, ohne groß darüber nachzudenken.

Ich versuche, ein Lächeln auf meine Lippen zu zaubern, aber in Wahrheit würde ich ihr am liebsten die Nase einschlagen. Die Leute arbeiten sich den Arsch ab, um ein Medizinstudium zu absolvieren, und dieses Mädchen, das ein ganzes verdammtes Krankenhaus und die dazugehörigen Unternehmen erben wird, schert sich nicht darum.

„Du sagst mir, was du tun willst", schlage ich vor, da mir die Ideen ausgehen.

Siena Collins zieht eine angewiderte Grimasse, und gerade als sie zu sprechen beginnen will, bekomme ich einen Anruf.

„Folg mir! Wir haben einen Notfall", winke ich ab, "nichts anfassen, nicht einmal reden", füge ich hinzu.

Siena

Ich habe den Eindruck, dass sie mich genauso wenig hier haben wollen, wie ich hier sein will. Die Krankenschwestern haben mich, sobald sie erfuhren, wer ich bin, aus dem Weg geräumt und zu einem der Ärzte geschickt. Ich schätze, dass das Gleiche noch einmal mit ihr passieren wird und ich am Ende an einem leeren Tisch sitzen und Netflix schauen werde, während ich drei Monate lang Sozialstunden ableisten muss.

„Dr. Wilson, darf ich reinkommen? Mein Name ist Siena Collins und ich wurde geschickt, um mit Ihnen zu sprechen", frage ich mit gesenkter Stimme, nachdem ich an die Tür des Büros der Direktorin der Onkologie geklopft habe.

Scheiße, das hat mir gerade noch gefehlt.

Als ich die Tür öffne, sehe ich mit Schrecken, dass vor mir keine andere als die arme Ärztin steht, die ich vorhin im Fahrstuhl in Kaffee gebadet habe. Ich hatte ein schlechtes Gefühl, als ich zum Zivildienst an diesen Ort geschickt wurde, aber die Realität beginnt, meine Vorstellung zu überholen.

Glücklicherweise verhält sich die Ärztin ganz natürlich und bittet mich, an ihrem Tisch Platz zu nehmen, wobei sie darauf hinweist, dass ich saubere Kleidung habe und der Vorfall mit dem Kaffee völlig vergessen ist.

Die Situation ist für mich zu unangenehm. Nicht nur, weil wir einen sehr schlechten Start hingelegt haben, sondern auch, weil die arme Ärztin nicht zu wissen scheint, was sie mit mir machen soll.

„Wenn ich ehrlich bin, bin ich hier in der Pflicht, und ich habe keine Lust, in diesem Krankenhaus zu sein. Und schon gar nicht auf einer onkologischen Station", gebe ich zu, als sie darauf hinweist, dass ihre Möglichkeiten, mir etwas Sinnvolles zu tun, begrenzt sind.

Ihr Gesicht verändert sich, als sie meine Worte hört, und mir wird plötzlich klar, dass es sich sehr schlecht angehört hat. Ich möchte ihr erklären, dass ich meinen Zivildienst lieber in der Obdachlosenhilfeableisten würde. Zumindest an Orten, die nichts mit meiner Familie zu tun haben. Ich hasse es, bevorzugt behandelt zu werden, weil ich mit dem Namen Collins geboren wurde. Ich möchte erklären, dass es die Idee meines Arschloch-Vaters war, auf die onkologische Station zu kommen. Ich möchte nirgendwo ein Ärgernis sein, aber ich bin sicher, dass es im Krankenhaus Abteilungen gibt, in denen es viel weniger gefährlich wäre, Mist zu bauen, als auf einer onkologischen Station.

Ich möchte ihr viele Dinge sagen, aber aus irgendeinem Grund schweige ich. Diese Frau hat etwas an sich, das mich ziemlich nervös macht. Glücklicherweise gibt es einen Notfall, und die Ärztin bittet mich, ihr zu folgen, bevor eine von uns beiden ein weiteres Wort sagen kann.

Kapitel 5

Siena

Seit einer Woche sitze ich nun meine gemeinnützige Arbeit im Krankenhaus ab, und jeder Tag, der vergeht, ist schlimmer als der letzte. Ich weiß nicht, was mit den Krankenschwestern in diesem Fachbereich los ist, aber sie können mich nicht einmal ansehen. Zumindest schicken sie mich jetzt, da sie wissen, wer ich bin, nicht mehr zum Kaffee trinken, sondern ignorieren mich ständig, als ob ich nicht da wäre oder unsichtbar wäre.

Dr. Wilson ist sehr nett zu mir, aber sie verbringt ihren Arbeitstag damit, von einem Ort zum anderen zu laufen, um Notfälle zu behandeln oder Fälle zu studieren. Ihr Alltag gleicht einer Achterbahn, die von absoluter Freude, wenn sie einen ihrer Patienten entlässt, bis zum Abgrund der Traurigkeit reichen kann, wenn es einem von ihnen schlechter geht. Ich weiß nicht, wie sie damit zurechtkommt.

Ich glaube nicht, dass ich jemals als Arzt praktizieren werde, selbst wenn ich mein Medizinstudium abschließen sollte, was noch nicht sicher ist. In jedem Fall werde ich mir merken, dass ich mich nicht für das

Fachgebiet Onkologie entscheiden werde. Es ist zu emotional für mich.

Wenn mein Vater wollte, dass ich das Leid der Menschen aus erster Hand erfahre, dann ist ihm das sicherlich gelungen. Es gibt Tage, an denen ich ohne Energie nach Hause komme, und ich bin nur ein Beobachter, weil ich in keinem der Fälle eingreifen kann. Ich habe nichts zu ihr gesagt, aber ich beginne, Dr. Wilsons Arbeit sehr zu bewundern. Ich weiß nicht, ob Andrew in der Lage ist, die wirkliche Arbeit zu würdigen, die er mit seinen Patienten leistet.

Was mich am meisten ärgert, ist, dass alle in diesem Krankenhaus denken, ich sei eine verwöhnte kleine Prinzessin, das typische verwöhnte kleine Mädchen, das nichts tun will. Es stimmt, dass ich meine Phasen der Rebellion hatte, aber es ist nicht einfach, mit Eltern zu leben, die ständig Zuneigung durch Geld ersetzen. Ich bin mir bewusst, dass es schlimmer wäre, keines von beidem zu haben, wie es bei einigen Obdachlosen der Fall ist, denen ich mit der Stiftung meiner Freundin Marlo helfe, aber selbst dann ist meine Situation schwieriger, als es scheint.

Und noch schwieriger ist es, wenn einem niemand glaubt. Ich hatte nichts mit dem ganzen Drogen- und

Polizeischeiß zu tun. Es war alles die Schuld meiner Ex, aber natürlich hat sie die Gabe, gute Miene zum bösen Spiel zu machen und immer dem verwöhnten reichen Mädchen die Schuld zu geben.

Jetzt, wo ich sie seit zwei Monaten nicht mehr gesehen habe, wird mir klar, dass unsere Beziehung eindeutig eine Situation der Belästigung war, sowohl physisch als auch psychisch. Nach und nach wurde mein Selbstwertgefühl so weit zerstört, dass ich weder die Kraft noch den Willen hatte, mich von ihr zu lösen.

Sie ist eine Meisterin in der Kunst der Manipulation, Machiavelli wäre sehr stolz auf sie. Zuerst habe ich es gar nicht bemerkt, sie war lustig, schön, sie schien mich wahnsinnig zu lieben... und ich begann, es zu glauben. Sobald ein Problem zwischen uns auftauchte, spielte sie das Opfer und ich wurde weich. Auf jede Krise folgten Wochen, in denen wir die perfekte Liebesgeschichte zu leben schienen. Das Problem ist, dass diese Wochen der Perfektion immer kürzer wurden und unsere Paarkrisen immer häufiger auftraten.

Damals war ich diejenige, die zu leiden begann. Damals war ich diejenige, die eine Abhängigkeit von meiner Ex entwickelt hatte, und es kam eine Zeit, in der mein Selbstwertgefühl so niedrig war, dass sie mich unter

Kontrolle hatte. Allein dadurch, dass sie wütend auf mich war, brachte sie mich zum Zittern... und sie tat es immer öfter.

Scheiße, wie einfach ist es, das alles rückblickend und kalt zu sehen! Das Schwierige ist, es zu erkennen, während es passiert, und meine Ex war die perfekte Manipulatorin.

Was ich nicht verstehe, ist, warum ich ihr körperliche Gewalt erlaubt habe. Natürlich war es nicht kontinuierlich, aber sie hatte eine zu lockere Hand. Bei unseren schlimmsten Auseinandersetzungen bekam ich mehr als eine Ohrfeige. Zwei- oder dreimal brach sie mir die Lippe auf, und ich erinnere mich noch an das eine Mal, als sie mir ein blaues Auge verpasste, das sich nicht mit Make-up verbergen ließ.

Dann bedeckte sie mich mit Küssen und versicherte mir, dass es nie wieder passieren würde. Sie hat mir geschworen, dass sie mich sehr liebt, dass ich die Liebe ihres Lebens bin. Ich habe es geglaubt und es ist wieder passiert. Mehr und mehr. Schlimmer und schlimmer. Es wird immer schmerzhafter. Ihre Schreie schnitten wie Dolche, ihre Beleidigungen durchbohrten mein Herz wie ein Dolch. Manchmal denke ich darüber nach, dass die ganze Scheiße mit der Polizei letztlich ein Segen war.

Zumindest hat es mir geholfen, von Claudia wegzukommen. Das Einzige, was ich vermissen werde, ist der Sex. Der Sex mit meiner Ex war nicht von dieser Welt.

Meine Eltern wissen nicht, wie kaputt ich bin. Sie begreifen nicht, dass ich wirklich jemanden brauche, der mich versteht, und nicht jemanden, der mir Geld bringt, als gäbe es kein Morgen. Sie glauben immer noch, dass ich nur eine rebellische Phase durchmache, dass ich nicht ewig das schwarze Schaf der Familie, die eigensinnige Tochter, bleiben werde.

Ich wünschte, ich könnte mein Medizinstudium abbrechen und in Marlos Stiftung arbeiten, um Menschen zu helfen, die nichts haben, aber das wird nicht möglich sein. Schließlich hat mir mein Vater sehr deutlich gemacht, dass er mich für immer aus dem Verkehr ziehen wird, wenn ich mein Medizinstudium abbreche, und die Stiftung meiner Freundes Marlo kann mir kein Gehalt zahlen.

Nicht, dass ich in einer Villa leben oder in den besten Restaurants essen müsste. Ich muss auch keine Designerkleidung tragen. Ich glaube, ich wäre schon mit viel weniger zufrieden. Ich will nur das Nötigste, einen Job, der das Leben anderer Menschen verändert, und eine Frau an meiner Seite, die mich wirklich liebt. Ich verlange nicht so viel, und ich glaube nicht, dass es so schwer zu erreichen ist, aber natürlich macht es mir zu viel Angst, alles aufzugeben, was ich habe, um es zu versuchen, und ich weiß nicht, ob ich jemals eine Frau an meiner Seite hatte, die mich wirklich liebt.

„Möchtest du mit uns einen Kaffee trinken?" Die Frage von Dr. Wilson reißt mich abrupt aus meinen Gedanken.

„Ich bin nicht im Weg?", frage ich erstaunt.

„Nein, überhaupt nicht. Wenn du mit den Krankenakten fertig bist, gehst du in die Cafeteria, ich komme gleich nach", sagt sie, macht auf dem Absatz kehrt und verlässt das Büro.

Diese Frau ist sehr manisch und hat ihre Macken, aber ich denke, sie ist eine der besten in diesem Krankenhaus. Wenigstens kümmert sie sich um Menschen und behandelt mich wie einen normalen Menschen, mein Nachname scheint sie nicht zu interessieren. Das ist an sich schon etwas, wofür man dankbar sein sollte, obwohl mich die Art und Weise, wie sie die Stifte nach Farben und immer in der gleichen Reihenfolge und Position anordnet, ein wenig nervös macht.

Kapitel 6

Sofia

„Warum hast du das kleine Mädchen eingeladen?", fragt Arya mit einer Geste des Ekels, als ich ankündige, dass Siena später zu uns an den Tisch kommen wird.

„Und was soll ich mit ihr machen? Ich schwöre, es kommt eine Zeit, in der ich nicht weiß, worum ich sie noch bitten soll. Ich habe ihr sogar gesagt, dass sie dieselben medizinischen Berichte zweimal schreiben soll, damit sie beschäftigt ist", gebe ich kopfschüttelnd zu.

Ich habe mit meiner täglichen Arbeit genug zu tun, ohne mich darum kümmern zu müssen, dass Siena nicht die ganze Zeit auf ihren Händen sitzt. Ich hoffe, dass sie bald in ein anderes Fachgebiet gebracht wird.

„Ich bin sicher, sie hat es nicht einmal bemerkt", scherzt Arya.

„Das glaube ich nicht. Sie sah mich mit einem angewiderten Gesichtsausdruck an, als würde sie sich fragen, ob ich sie aus irgendeinem Grund veräppeln wollte. Sie muss sich nur beim medizinischen Direktor beschweren, dass ich sie belästige oder so."

„Wenigstens macht sie dir keinen Ärger, oder? Denn sie hat den Ruf, eine Rebellin zu sein...", beharrt Arya und hält sich eine Hand an die Stirn.

„Sie ist sehr nett."

„Wirklich?"

Jetzt ist es Laura, die mich mit einem erstaunten Gesicht anschaut.

„Weißt du, welche finanziellen Opfer ichbringen musste, um Medizin zu studieren? Verdammt, ich zahle immer noch die Kredite, und dieses Mädchen weiß nicht einmal die Chance zu schätzen, die ihre Eltern ihr gegeben haben", beschwert sich Laura.

Gerade als ich antworten will, deutet Daniela McKenna mit einer Geste an, dass Siena sich uns nähert, damit wir den Mund halten. Die Wahrheit ist, dass das Gespräch über Siena Collins das heiße Thema im Krankenhaus zu sein scheint. Wir kannten bereits einen Teil ihres Lebens, auch ohne sie zu kennen. Immerhin ist sie die Tochter des großen Chefs, aber jetzt, wo sie hier arbeitet, ist sie in aller Munde, egal in welchem Fachbereich man sich befindet.

„Hallo", grüßt die zukünftige Erbin des Krankenhauses schüchtern.

„Siena, das sind Arya Kumari, Laura Park, ihre Frau Daniela McKenna und Gabi, die Oberschwester der Chirurgie", sage ich und spiele die Gastgeberin.

Zum Glück wendet sich das Gespräch, sobald sie sich zu uns an den Tisch setzt, weniger heiklen Themen zu, und wir kommen auf Arya und ihre Haustierprobleme zu sprechen. Als sie zu Patricia und ihrem Sohn Jaime zog, nahm sie Dario, ihren Kater, mit. So weit so gut, die Katze verstand sich gut mit Patricias Golden Retriever Lucas und sie lebten mehr oder weniger friedlich zusammen.

Das Problem ist, dass Arya, wie es sich für Arya gehört, eines Tages mit zwei neuen Kätzchen nach Hause kam, die sie in der Nähe eines Mülleimers gefunden hat. Der Hund hat "Pflegemutter" gespielt, und ihre vorherige Katze hat sie einfach ignoriert, aber das war nur, solange sie klein waren. Jetzt, wo sie keine Babys mehr sind, hat sich eines von ihnen als echte Nervensäge entpuppt. Laut Arya ist es sehr anhänglich, aber extrem eifersüchtig und die anderen beiden Katzen nehmen ihr das übel. Sogar der Golden Retriever verliert sein Fell wegen des Stresses, den es ihm bereitet.

„Bist du auch mit einer Frau verheiratet?", fragt Siena Arya überrascht.

„Ja, wieso? Bist du homophob?"

Scheiße, ich hätte die beiden nicht zusammen an einen Tisch setzen sollen. Arya hat keine Filter, und sie wird sich nicht zurückhalten, wenn das Mädchen etwas sagt, was ihr nicht gefällt. Am Ende werden wir noch alle mit der Krankenhausverwaltung in Konflikt geraten.

„Nein, überhaupt nicht. Ich bin auch lesbisch", gibt Siena unumwunden zu.

„High Five!", ruft Arya aus und hält ihre offene Hand vor das Gesicht der zukünftigen Erbin, die sie nun besser zu mögen scheint. „Das einzige heterosexuelle Mädchen hier ist Sofia, und so benimmt sie sich auch", scherzt sie.

Sie scheint sehr amüsiert gewesen zu sein, denn sie sieht mich an und kichert albern. Wenigstens wird das Gespräch von da an etwas entspannter und wir kehren zu weniger kompromittierenden Themen wie Lauras und Danielas Baby oder weiteren Geschichten über Hunde und Katzen zurück.

***

„Deine Freunde sind nett", gibt Siena zu, als wir mein Büro erreichen.

„Sie scheinen dich zu mögen", gebe ich zu.

„Die einzigen Menschen, die mich in diesem Krankenhaus mögen", sagt sie und blinzelt. Ich werde jetzt gehen, bevor du mich zum dritten Mal dieselben Akten durchsehen lässt", fügt sie hinzu und schaut auf ihre Uhr. „Du schreibst die Zeiten doch sowieso für mich auf, oder?"

Verdammt! Nach dem entspannten Kaffee war ich hoffnungsvoll, und sie hat die Gelegenheit genutzt, um hier rauszukommen und mich in Verlegenheit zu bringen. Wie ein Narr nicke ich mit dem Kopf und versichere ihr, dass ich das tun werde. Manchmal sehe ich wie ein Idiot aus. Jetzt, wo ich dieses Mädchen maag, beweist sie wieder einmal, dass sie eine verwöhnte Göre und eine Nehmerin ist.

Sie wird mit meiner Hilfe zwei Stunden Arbeit ausfallen lassen. Es stimmt zwar, dass sie im Grunde genommen fast nichts Nützliches tut und eher ein Hindernis als eine Hilfe ist, aber ich bin für sie verantwortlich, solange sie in der Onkologie ist. Das Letzte, was ich brauche, ist, ihr in die Hände zu spielen.

Siena

Als Dr. Wilson mir anbietet, mit ihr und ihren Freundinnen in der Cafeteria einen Kaffee zu trinken, ist meine erste Reaktion, nein zu sagen, denn ich brauche nicht noch mehr hasserfüllte Blicke oder Getuschel über mich. Ich weiß, was diese Leute denken; sie halten mich für ein verwöhntes Kind, das alles so einfach hatte und für nichts gekämpft hat. Sie mögen zum Teil Recht haben, es stimmt, dass das Geld meiner Familie mir viele Möglichkeiten eröffnet hat, die andere Menschen nicht haben, aber die psychologische Belastung, die ich getragen habe, ist zu groß.

Zum Glück scheinen Dr. Wilsons Freunde sehr nett zu sein, besonders die Brünette mit den großen Augen. Arya oder so ähnlich war ihr Name, glaube ich. Zuerst schien sie ein typischer Nachbarschaftspunk zu sein, aber es gab Zeiten, in denen ich mich über die Geschichten, die sie über die Tiere, die sie zu Hause hat, erzählte, kaputtlachen musste. Das andere Ärztepaar scheint sehr nett zu sein, ich glaube, sie sind schon seit ein paar Jahren zusammen, aber sie sehen so verliebt aus, dass ich neidisch bin. Ich wünschte, ich könnte eines Tages auch so etwas haben.

Leider muss ich früher gehen, um mich bei meinem Zivildienstleistenden zu melden, und ich habe keine Lust, mich zu rechtfertigen. Es ist besser, wenn niemand weiß, dass ich deshalb in diesem Krankenhaus bin.

„Ich werde jetzt gehen, bevor du mich zum dritten Mal dieselben Akten durchsehen lässt. Du schreibst die Zeiten doch sowieso für mich auf, oder?", frage ich verlegen, in der Hoffnung, dass Dr. Wilson mir keinen Ärger machen wird.

Glücklicherweise nickt sie und lässt mich gehen, wobei sie mir versichert, dass sie mich dieses Mal decken wird. Einen Moment lang bin ich versucht, ihr die Wahrheit zu sagen. Ich würde gerne erklären, warum ich hier bin, aber ich weiß, dass es viel schlimmer wäre. Sobald sich herumspricht, dass ich ein Drogenproblem mit der Polizei hatte, werden alle denken, ich sei süchtig, und das ist das Letzte, was ich brauche.

Mein Vater würde einen Herzinfarkt bekommen, wenn das im Krankenhaus bekannt würde. Also danke ich Dr. Wilson für das, was sie für mich tut, und mache auf dem Absatz kehrt, um ihr Büro zu verlassen, wobei ich ihren enttäuschten Blick in meiner Seele spüre.

Kapitel 7

Siena

„Sobald du deinen Zivildienst im Krankenhaus beendet hast, wirst du zum Medizinstudium zurückkehren", verkündet mein Vater in seinem gewohnt strengen Ton.

Es handelt sich nicht um eine Anregung oder eine Frage. Er macht sich nicht einmal die Mühe, daraus einen Befehl zu machen. Er nimmt es als selbstverständlich hin. Man tut, was er sagt, und das war's. Mehr gibt es nicht zu sagen. Es ist ihm scheißegal, dass ich siebenundzwanzig bin oder dass ich nicht in die Medizin gehen will.

„Hast du gehört, was dein Vater gerade gesagt hat?", fragt meine Mutter, als sie sieht, dass ich nicht antworte.

„Ja."

Bei diesem "Ja" geht es eher darum, dass ich höre, was mein Vater gesagt hat, und nicht darum, dass ich vorhabe, auf ihn zu hören. Die jüngsten Probleme mit dem Gesetz und die Distanz zu meiner Ex haben mir in den letzten Wochen viel zu denken gegeben. Vielleicht liegt es aber auch nur daran, dass ich mich im Krankenhaus die meiste Zeit des Tages so sehr langweile, dass ich keine andere Wahl habe, als nachzudenken.

Tatsache ist, dass die rebellische Haltung, die ich seit meiner Jugend an den Tag gelegt habe, mich nicht weiterbringt. Zumindest nirgendwo, wo ich sein möchte. Am Ende gerate ich in Schwierigkeiten, schüre Konflikte und tue alles, was mein Vater sagt, was aber keine Lösung ist.

Ich denke, das Beste ist, einfach nein zu sagen und das war's. Ich bin sicher, er wird mir wieder drohen, mir kein Geld mehr zu geben, das tut er immer. Ich hoffe, dass es nicht so weit kommt, wenn ich ihm zeige, dass ich eine verantwortungsbewusste Person sein kann und nichts mit dem Geschäft unserer Familie zu tun habe.

Sollte er seine Drohung wahr machen, würde ich meinen Lebensunterhalt lieber auf andere Weise verdienen, indem ich Getränke serviere oder als Verkäuferin in einem Bekleidungsgeschäft arbeite. Wie auch immer. Ich habe einen Abschluss in Betriebswirtschaft, also könnte ich etwas in einer Bank oder einem Beratungsunternehmen finden. Ich denke, ich müsste Los Angeles verlassen, aber ich habe auch in dieser Stadt nichts vermisst.

In der Tat würde es mir nicht schaden, diese Stadt zu verlassen. Ich habe wieder angefangen, Nachrichten von meiner Ex zu erhalten, obwohl sie das rechtlich nicht darf. Was mich am meisten ärgert, ist, dass nichts zwischen uns passiert zu sein scheint. Sie ist wieder die charmante Frau, die mich am Ende immer von allem überzeugt hat. Jetzt, wo ich sie aus der Ferne sehe, gibt es Tage, an denen ich nicht weiß, ob sie in einer parallelen Realität lebt oder ob sie völlig bipolar ist. Es ist das Beste, von ihr wegzukommen.

„Willst du mit uns zur Wohltätigkeitsgala nächste Woche kommen?", fragt meine Mutter mit ihrem besten Lächeln.

„Ich kann zur Gala gehen, aber nicht zu den Veranstaltungen vor der Show", erkläre ich, "die fallen mit meinen Terminen im Krankenhaus zusammen."

„Das Krankenhaus gehört uns", antwortet mein Vater spöttisch.

„Ich weiß, Dad."

„Und?"

„In Ordnung, ich werde Dr. Wilson sagen, dass ich nächsten Mittwoch früher gehen muss", gebe ich zu, um nicht weiter zu streiten.

Es schmerzt mich, bei solchen Veranstaltungen so zu tun, als wären wir eine perfekte Familie, obwohl wir weit davon entfernt sind. Meine Eltern sprechen nur bei Bedarf miteinander. Ich bin mir einigermaßen sicher, dass mein Vater mit einer seiner Sekretärinnen schläft, und ich weiß, dass meine Mutter vor Jahren eine Affäre mit einem anderen Mann hatte. Man hält mich nicht für würdig, den Familiennamen zu tragen, und sie merken nicht einmal, wie kaputt ich bin. Aber auf diesen Veranstaltungen sehen wir wie die perfekte Familie aus, die jeder gerne hätte. Glücklich und geeint. Keine Probleme. Wir verwenden unser Geld, um Gutes zu tun, obwohl wir damit nur den Familiennamen reinwaschen.

„Wie laufen die Dinge mit Dr. Wilson? Andrew sagt, sie ist sehr gut in ihrem Job", unterbricht mich mein Vater und reißt mich aus meinen Gedanken.

„Ja", beeile ich mich zu antworten, ohne zu wissen, warum eine seltsame Wärme meinen Körper durchströmt hat.

„Wenn du Probleme mit ihr hast, sagst du es mir, damit Andrew sie lösen kann", fügt mein Vater mit seiner typischen Arroganz hinzu.

Ich zwinge mich zu einem Lächeln, das schwächer ist als das von Judas, und nicke. Ich kann mich über Sofia nicht beklagen, sie ist sogar die Person im Krankenhaus, die mich am besten behandelt. Aber wenn ich das täte, wäre es das Letzte, was ich bräuchte, um mich bei meinem Vater und dem Krankenhausdirektor zu beschweren, als wäre ich ein Kind. Tief im Inneren liegt ein Teil meiner Probleme darin, dass meine Eltern mich nie in einem normalen Tempo reifen ließen, sondern immer versuchten, meinen Weg mit ihrem Geld und ihrem Einfluss zu ebnen, zumindest glaubt das mein Psychiater.

Ich habe oft mit Marlo darüber gesprochen. Ihre Familie hat genauso viel Geld wie meine, aber sie hatte kein Problem damit, ihren eigenen Weg zu gehen. Sie haben ihr sogar geholfen, eine Stiftung zu gründen, um Menschen zu helfen, die auf der Straße leben. Natürlich hat Marlo zwei ältere Brüder, die bereits begonnen haben, einige der Familienunternehmen zu übernehmen, während ich ein Einzelkind bin. Ich bin mir sicher, dass mein Vater es gerne gesehen hätte, wenn ich ein Junge gewesen wäre.

„James Fernsby hat nach dir gefragt, erinnerst du dich an ihn? Er ist immer noch Single", sagt meine Mutter und bringt damit das Gespräch auf ihr Lieblingsthema zurück.

53

Als ich meinen Eltern erzählte, dass ich auf Frauen stehe, ignorierte mein Vater meine Bemerkung, als sei es nur eine vorübergehende Phase, aber meine Mutter bekam fast einen Herzinfarkt. Sie akzeptiert keine andere Familienstruktur als die traditionelle, selbst wenn es eine Familie voller Betrug ist wie unsere, aber es muss das sein, was sie für traditionell hält.

Tatsache ist, dass sie seit Jahren einen großen Teil ihrer Zeit damit verbringt, unter den Kindern ihrer Freunde einen Freund für mich zu suchen. Glücklicherweise lernte ich bei einer dieser Verabredungen, die sie mir seit meinem sechzehnten Lebensjahr vermittelt hat, den guten alten James Fernsby kennen. Wir haben oft gescherzt, dass wir dazu verdammt sind, zu heiraten, weil er sich in einer ähnlichen Situation befindet wie ich.

Er lebt mit seinem Freund in San Francisco, seit er vor fast zehn Jahren sein Studium begonnen hat. Sie sind wirklich eine der stabilsten Beziehungen, die ich kenne, und sind ein wunderbares Paar, aber für seine Mutter ist James immer noch ein "goldener Junggeselle", der eine Freundin aus einer guten Familie braucht.

„Er ist diese Woche in Los Angeles und geht nächsten Mittwoch zu einer Benefizveranstaltung", fügt meine Mutter stolz hinzu.

„Toll, ich kann es kaum erwarten, ihn wiederzusehen", gebe ich mit meinem besten Lächeln zu, um sie dazu zu bringen, die Klappe zu halten und mich in Ruhe essen zu lassen.

Kapitel 8

Sofia

Siena auf der onkologischen Station zu haben, wird langsam zu einem Problem. Es ist nicht so, dass ich das Mädchen nicht mag. Eigentlich habe ich kaum eine Meinung zu ihr; es gibt Tage, an denen sie fast wie ein Gemüse wirkt und nur auf einem Stuhl sitzt oder mir wie ein Schatten folgt.

An anderen Tagen wiederum kommt sie in einem Zustand der Revolte ins Krankenhaus und versucht zu helfen und Dinge zu tun, von denen sie weiß, dass sie nicht erlaubt sind, wie z. B. der Umgang mit Patienten. Das Krankenhaus könnte mit einer Klage in beträchtlicher Höhe konfrontiert werden, wenn Siena mit einem unserer Patienten interagiert und etwas schief geht.

Die Krankenschwestern hingegen können sie nicht einmal ansehen. Es stimmt, dass sie manchmal etwas anmaßend ist, oder besser gesagt, sie tut so, als ob ihr nichts wichtig wäre, als ob ihr Körper hier ist, aber ihr

Geist in einer anderen Zeit oder an einem anderen Ort. Erschwerend kommt hinzu, dass ich mir jeden Tag in der Mittagspause oder in der Kaffeepause Aryas Beschwerden darüber anhören muss, dass sie ein bisschen sauer ist. Ich denke, das ist ein Schutzmechanismus für den Fall, dass Siena eines Tages der Chirurgie zugewiesen wird.

An den Tagen, an denen sie etwas kommunikativer ist, finde ich sie sogar freundlich. Sie hat einen dunklen, aber witzigen Sinn für Humor und ein wunderschönes Lächeln. Manchmal ertappe ich mich dabei, wie ich sie beobachte, während sie auf eine ihrer vielen Nachrichten antwortet. Ich liebe es, wie sie ihre Nase rümpft, wenn sie nachdenkt, oder wie ihre Augen aufleuchten, wenn sie an etwas denkt.

Und wenn man vom Teufel spricht: Als ich vom Parkplatz aus zum Haupteingang des Krankenhauses gehe, sehe ich sie vor mir. Sie geht lässig, in sich gekehrt, die Augen in ihr Handy versunken. Eine weitere konstante Manie dieser Frau ist, dass sie im Einklang mit den Nachrichten zu leben scheint, die sie erhält, oder mit den sozialen Medien oder wer weiß was. Es ist möglich, dass sie einfach nur nach Online-Dates sucht. Tatsache ist, dass sie den ganzen Tag auf ihren Handybildschirm starrt, was ihrem Image beim Krankenhauspersonal nicht gerade zuträglich ist, vor allem, wenn ihr Vater bis zum Umfallen arbeitet.

Typisch für sie, geht Siena in der Mitte der Fahrspur des Krankenwagens und nicht auf dem Bürgersteig. Wahrscheinlich will sie den Weg zur Haustür verkürzen, und ich staune, wie sie mit einer Hand eine SMS schreiben kann, während sie in der anderen einen Kaffee hält.

Wieder ertappe ich mich dabei, wie ich sie wie ein Idiot anstarre. Sie sieht wunderschön aus in einem schwarzen Rollkragenpullover, der das blonde Haar, das ihr über die Schultern fällt, betont. Sie trägt die Jeans, die ich so sehr mag, die, die ihren Hintern spektakulär aussehen lassen, und ich frage mich, warum sie mir so sehr auffällt, wo mir doch noch nie eine Frau aufgefallen ist.

Und plötzlich kommt meine ganze Welt zum Stillstand. Im ersten Licht der Morgendämmerung scheint die Atmosphäre plötzlich schwarz und weiß zu sein. Sienas Augen weiten sich und ihre Lippen spitzen sich vor Angst. Ich höre das Hupen, das Quietschen der auf dem Asphalt bremsenden Räder des Krankenwagens, den Geruch von verbranntem Gummi. Sienas durchdringender Schrei schneidet wie ein Messer durch die Dunkelheit, als sie merkt, dass sie gleich überfahren wird.

Alles scheint in Zeitlupe abzulaufen, ich renne und flehe darum, dass es aufhört. Unter meinen Füßen bemerke ich die Risse im Pflaster, die von den Profilen hunderter Reifen zeugen, die darüber gefahren sind. Ich stürze mich ohne nachzudenken auf Siena. Wieder der Klang der Hupe, der Geschmack von Angst in meinem Mund, ihre blauen Augen, die Schreie des Fahrers, als er nur wenige Millimeter an unseren Körpern vorbeifährt.

Ich spüre den Schmerz in meiner linken Hand, kleine Blutspuren auf der Straße, als ich beim Aufprall abrutsche und mein Knie zerquetscht wird. Siena liegt regungslos unter meinem Körper, die Augen immer noch geschlossen, als sei sie überzeugt, dass sie in diesem Moment sterben wird.

„Geht es dir gut?", flüstere ich mühsam, mein Herz klopft so heftig, dass ich um Worte ringe.

„Scheiße!", ist die einzige Antwort, die ich erhalte.

Wir stehen ein paar Augenblicke, ohne uns zu bewegen, und ich beginne, mir des seltsamen Gefühls meines Körpers auf ihrem bewusst zu werden. Die

Wärme des Kaffees ergoss sich über unsere Kleidung, meine Wange war noch immer an Sienas gedrückt.

„Kannst du von mir runtergehen?", protestiert sie plötzlich.

„Du wurdest fast von einem Krankenwagen angefahren."

„Aber das wurde ich nicht, oder? Ich bin noch am Leben, und du bist es auch. Jetzt beweg dich und lass mich in Ruhe, wir ziehen die Aufmerksamkeit auf uns", beschwert sich Siena und stößt mich grob an.

Ich ziehe mich zurück und bleibe auf den Knien, überrascht und verwirrt. Ich spüre nicht einmal mehr den Schmerz in meiner linken Hand oder meinem Knie. Ich versuche zu verstehen, was dieser Frau durch den Kopf geht. Sie steht auf, als wäre sie beleidigt, dass ich ihr soeben das Leben gerettet habe, und verlässt das Krankenhausgelände ohne jede Erklärung. Kein Dankeschön, kein Auf Wiedersehen. Sie geht einfach weg und lässt mich immer noch wie eine Idiotin auf dem Asphalt knien.

Kapitel 9

Siena

Ich verlasse das Krankenhausgelände und wandere ziellos durch die angrenzenden Straßen. Meine Gedanken rasen auf Hochtouren, ich kann mich nicht beruhigen. Ein Wirbelsturm von Gedanken wirbelt durch meinen Kopf, einer größer als der andere, aber ich bin nicht in der Lage, einen von ihnen zu erfassen.

Irgendwann erreiche ich einen Park und bleibe stehen. Ich lehne mich mit dem Rücken an einen großen Baum und setze mich in seinen imposanten Schatten. Ich umarme zitternd meine Knie, spüre, wie sich meine Brust zusammenzieht, und mein Herz schlägt so heftig, dass es sich anfühlt wie ein Hammer an meiner Schläfe. Es ist, als wolle es in meiner Brust explodieren.

Angstzustände sind nicht so offensichtlich wie ein Herzinfarkt. Er ist langsam und leise, heimtückisch. Es ist eine Last auf der Brust, eine Träne in den Augen, wenn man merkt, dass man kaum noch atmen kann. Ich erkenne es, weil es mir mehr als einmal passiert ist, wir sind alte Bekannte.

Schon bald kommen schlimme Erinnerungen in mir hoch, als wollten sie sich rächen. Ich werde von Ereignissen aus meiner Kindheit überflutet, die ich zu verdrängen versuche. Das Gesicht meiner Mutter mit zusammengepressten Lippen, die mich dafür schilt, dass ich eine Schande für unsere Familie bin, und mir sagt, dass ich niemals zu irgendetwas gut sein werde. Die meines Vaters, unerbittlich streng, unnachgiebig, hart wie ein Granitfelsen.

Ich zittere, halte meine Knie fest umklammert und versuche, mich in der Gegenwart zu verankern, mich an der Realität festzuhalten und nicht in die Falle der Erinnerungen zu tappen.

Kalter Schweiß, Zittern, eine Flutwelle der Angst, die mich überrollt, ohne dass ich etwas dagegen tun kann, sondern nur darauf warte, dass sie vorübergeht. Ich halte es nicht mehr aus, ich will, dass das alles aufhört. Mein Mund ist trocken, meine Handflächen sind schweißbedeckt, jeder Atemzug schmerzt.

Ich kratze mich zwanghaft an der Innenseite meines Ellbogens, bis meine Haut rot und rau wird. Ich schmecke das salzige Nass der Tränen, die mir über die Wangen laufen. Ich will nur, dass es aufhört, bitte. Ich will nur, dass es aufhört.

„Geht es dir gut?“

Ich blicke ängstlich und verwirrt auf, da ich nicht weiß, wessen Frauenstimme zu mir spricht und welche mir bekannt vorkommt.

„Siena, geht es dir gut?“, insistiert die Stimme.

Sie setzt sich neben mich und legt ihren rechten Arm um meine Schultern. Sie drückt mich an ihren Körper und es fühlt sich gut an. Ich zittere immer noch, aber ich fühle eine seltsame Sicherheit in ihrer Nähe.

„Das ist dir schon mehr als einmal passiert, nicht wahr?“, fragt sie.

Ich nicke langsam mit dem Kopf, als würde ich mich schämen, es zuzugeben, aus Angst.

„Ist es eine Panikattacke?“

Wieder nicke ich mit dem Kopf und lasse mich umarmen. Ich verberge mein Gesicht in ihrem Nacken und weine. Ich weine laut, lasse den ganzen Schmerz, den ich empfinde, an die Oberfläche kommen und fühle mich zum ersten Mal seit langer Zeit wieder geliebt.

„Wie hast du mich gefunden?“, stottere ich, nicht bereit, die Umarmung loszulassen.

„Ich habe geahnt, dass es dir nicht gut geht, und bin dem Weg gefolgt, den du eingeschlagen hast. Die Wahrheit ist, dass ich dich eine ganze Weile nicht gesehen habe, bis ich dich zufällig unter diesem Baum sitzen sah", gesteht Sofia, während sie mir sanft über den Rücken streichelt, was mich erschauern lässt.

„Danke", murmle ich, unfähig, weitere Worte zu formulieren.

Ich möchte mich für vorhin entschuldigen und ihr dafür danken, dass sie mir das Leben gerettet hat, als ich fast von einem Krankenwagen überfahren worden wäre. Verdammt, es gibt so viele Dinge, die ich ihr gerne sagen würde, dass mir die Gedanken im Kopf herumschwirren, ohne dass die Worte meine Kehle verlassen.

„Ich möchte, dass du diese Pille nimmst, sie wird dir gut tun", flüstert sie, während sie eine Art Medizin aus ihrer Tasche holt und sie mir anbietet.

Ich frage nicht einmal, worum es geht, ich bemühe mich, es mit trockener Kehle hinunterzuschlucken und mich wieder in ihren Nacken zu weinen, mich umarmen zu lassen wie ein kleines Mädchen, das unter Albträumen leidet.

Nach einiger Zeit fühle ich mich besser. Ich weiß nicht, ob es an den Medikamenten oder an Sofias Umarmung liegt, vielleicht auch an beidem, aber ich bin wieder ich selbst, und damit kehren auch neue Sorgen in meinen Kopf zurück.

„Es tut mir wirklich leid, was passiert ist, vor allem, dass ich dich angeschrien habe. Du hast mir das Leben gerettet, ohne dich wäre ich von dem Krankenwagen überfahren worden. Daran werde ich mich immer erinnern", gebe ich zu.

„Es ist in Ordnung, jeder hat mal einen schlechten Tag", versichert sie mir mit dieser Stimme, die einen auf seltsame Weise beruhigt. „Außerdem ist es meine Aufgabe, Leben zu retten", scherzt sie.

Ich will mich nicht von ihrem Hals lösen, ihre Haut ist weich, sie riecht nach Zimt, und ihre Finger kämmen mein Haar mit erhabener Zartheit. Ohne es zu merken, streichle ich mit dem Handrücken ihre Wange, fahre mit den Fingerspitzen über ihre dünnen Lippen, bis ich den Kopf hebe und etwas näher an sie heranrücke.

Ich spüre ihre Wange an meiner, ihre Finger kämmen immer noch mein Haar, meine Nase streift ihre, bis sich unsere Lippen zu einem wunderbaren Kuss treffen. Ihre Lippen sind weich wie die Blütenblätter einer Rose, Sofia schließt die Augen und öffnet den Mund leicht. Ihr Atem beschleunigt sich, als ob sie mich anflehen würde, weiterzumachen, und ein leises, fast unhörbares Stöhnen dringt an meine Ohren, als ich mich zurückziehe.

„Verdammt, was für ein Tag, es tut mir leid. Ich weiß nicht, was passiert ist", entschuldige ich mich.

Sofia sieht mich schweigend und sprachlos an. Ihr Gesicht ist schwer zu lesen. Ich weiß nicht, ob sie mich ohrfeigen oder auf den Rasen werfen will, um unseren Kuss fortzusetzen.

„Ich glaube, ich gehe jetzt besser", seufze ich, immer noch zitternd.

„Bist du sicher, dass es dir gut geht?"

„Ja, wirklich. Ich habe bereits einen Großteil deiner Zeit in Anspruch genommen, und du musst dich um deine Patienten kümmern. Ich danke dir aus tiefstem Herzen für alles", füge ich hinzu.

„Ich weiß", seufzt sie, während sie ebenfalls aufsteht und ihre Hose ausschüttelt, um die trockenen Blätter loszuwerden.

Ich atme tief durch und versuche, mich zusammenzureißen, und gehe mit zögerndem Schritt auf meine Wohnung zu. Es ist erst neun Uhr morgens und es war bereits einer der intensivsten Tage meines Lebens.

Aber dieser Kuss... an den werde ich mich immer erinnern. Es war herrlich sinnlich. Kurz, nur eine Berührung unserer Lippen, aber mit einer so unglaublichen Energie, dass mir immer noch die Knie zittern.

Ich hoffe nur, dass Sofia noch mit mir spricht, wenn ich morgen zur Arbeit ins Krankenhaus fahre.

Kapitel 10

Sofia

„Was sagtest du, hast du getan?", fragt Arya und ihre Augen weiten sich.

„Du hast es genau gehört, Arya. Zwing mich nicht, es noch einmal zu sagen, ich habe lange genug gebraucht, um es dir zu sagen", gestehe ich.

„Hast du die Erbin wirklich geküsst?"

„Eher hat sie mich geküsst, aber ja", gebe ich seufzend zu.

„Oh, Mann! Herzensbrecherin Wilson, so nenne ich dich von nun an", scherzt sie.

„Arya, das ist sehr ernst", protestiere ich.

„Ich weiß. Wir haben gerade entdeckt, dass du Frauen magst, obwohl ich das schon immer vermutet habe."

„Kannst du verdammt noch mal leiser sprechen?", murmele ich und schaue mich um, ob uns jemand hören kann. „Und das ist nicht der Grund, warum ich es gesagt habe."

„Was sonst? Sag es mir!", insistiert sie.

„Ist das alles, woran du interessiert bist?"

„Nein, aber fangen wir damit an", schlägt sie vor und hebt amüsiert die Augenbrauen.

„Wunderbar", seufze ich und schließe die Augen.

„Magst du das Mädchen?"

„Ich weiß es nicht, Arya", gebe ich zu. „Das habe ich noch nie in Betracht gezogen. Ich bin sicher, dass sie ein viel besserer Mensch ist, als die Leute ihr zutrauen. Hinter dieser rebellischen Fassade verbirgt sich eine zarte Frau. Ich sage nur, dass ich sie gerne besser kennen lernen würde, das ist alles."

„Warum lädst du sie nicht auf einen Drink ein und sprichst mit ihr über das, was passiert ist? So weißt du, ob sie genauso empfindet, und es könnte eine gute Gelegenheit sein, sie auf neutralem Boden etwas besser kennen zu lernen", schlägt Arya vor, die schon immer sehr daran interessiert war, mich mit einer Frau zu verkuppeln.

Siena

Am nächsten Morgen betrete ich das Krankenhaus mit klopfendem Herzen. Ich bin mir nicht sicher, was ich von

Dr. Wilson erwarten kann. Wenn ich wetten müsste, würde ich darauf wetten, dass ihr der Kuss genauso gut gefallen hat wie mir, aber in der Zeit, in der ich diesen Job mache, habe ich immer gehört, dass Sofia völlig heterosexuell ist.

Was ich weiß, ist, dass ich vor Scham sterben werde, wenn ich sie wiedersehe. Ich habe mich wie ein Arschloch verhalten. Verdammt, sie hat mir nicht nur das Leben gerettet, indem sie mich davor bewahrt hat, von einem Krankenwagen überfahren zu werden, sondern sie hat es auch geschafft, mich aus einer Panikattacke herauszuholen. Die Pralinenschachtel, die ich ihr zum Dank dafür mitbringe, kommt mir so klein vor.

„Siena, wie geht es dir heute Morgen?", fragt sie, sobald sie mich durch die Tür kommen sieht, und erhebt sich eilig von ihrem Schreibtisch, um mich zu begrüßen.

Ich versichere ihr, dass es mir viel besser geht, auch wenn ich kaum die richtigen Worte finde, um mich zu entschuldigen. Ganz zu schweigen von denen, die all die Dankbarkeit ausdrücken können, die ich für das empfinde, was sie getan hat.

„Dr. Wilson, in Bezug auf den gestrigen Tag..."

„Es war ein schwerer Tag für dich, Siena, ich verstehe, dass du nicht ins Krankenhaus zurückgekommen bist. Ich habe dich trotzdem als anwesend eingetragen, falls du das befürchtest", unterbricht sie.

„Danke, es ist nicht nur das."

„Mach dir keine Sorgen, das vergessen wir besser", sagt sie und lässt mir das Blut in den Adern gefrieren.

„Es gibt eine Sache, die ich nicht so leicht vergessen kann, und um ehrlich zu sein, will ich sie auch nicht vergessen", sage ich, nehme meinen Mut zusammen und greife nach ihrem Ellbogen, um sie aufzuhalten, bevor sie sich umdreht.

Ich kann an ihrem Gesicht sehen, dass sie nervös ist, aber ich werde diesen Kuss nicht so schnell vergessen, denn ich weiß, dass ich es später bereuen werde. Sie starrt mich an, ihre Brust hebt sich mit jedem Atemzug, und sie schließt die Bürotür, bevor sie weiterspricht.

„Wenn du den Kuss meinst..."

„Ja."

Ein Seufzer, ein langes Schweigen. Sie streicht sich sorgfältig über das Kinn, als würde sie über eine Antwort nachdenken."

„Worüber machst du dir Sorgen?"

„Hat es dich gestört, dass ich es getan habe?", frage ich im Flüsterton.

„Nein."

„Hat es dir gefallen?", frage ich weiter, ohne Zeit zu verlieren.

Sofia sieht plötzlich auf und blickt mir in die haselnussbraunen Augen.

„Siena, du weißt, dass ich hetero bin, oder?", sagt sie und senkt ihre Stimme.

„Du hast meine Frage nicht beantwortet."

Wieder eine lange Pause, die mir unendlich lang vorkommt.

„Ja", gibt sie seufzend zu, "es hat mir gefallen, aber das heißt nicht..."

„Darf ich dich zum Essen einladen?", unterbreche ich. „Ich würde dich gerne außerhalb des Arbeitsumfelds besser kennen lernen und dir für das danken, was du für mich getan hast."

„Ist das alles?"

„Es liegt an dir. Wenn das alles ist, was du willst, ist das in Ordnung für mich", stimme ich zu, obwohl ich weiß, dass ich sehr enttäuscht wäre, wenn das passieren würde.

„Das ist in Ordnung. Ich schaue mir meinen Terminkalender an, und wir können einen Tag finden, der uns beiden passt."

„Morgen wäre perfekt, übermorgen hast du frei", beeile ich mich zu antworten, ohne zu erklären, warum ich vor Betreten des Büros ihren Terminkalender durchgesehen habe.

„Dann eben morgen, aber es ist kein Date."

„Ich habe dir Pralinen mitgebracht", füge ich hinzu und reiche ihr die Schachtel in meiner Hand.

Plötzlich weiten sich Dr. Wilsons Augen wie Untertassen und ein Lächeln breitet sich auf ihrem Gesicht aus.

„Wenn du mich verführen willst, sind Pralinen ein gutes Mittel dazu", bestätigt sie und nimmt das Geschenk an.

***

Ich nutze die erste Gelegenheit, die sich mir bietet, und mache mich auf den Weg in den Operationsbereich, denn ich weiß, dass Dr. Kumari zwischen ihren Schichten im Operationssaal zwei Stunden frei hat.

„Bitte sag mir, dass du nicht meiner Abteilung zugeteilt sind, verdammt noch mal", beschwert sich Arya und faltet ihre Hände, als würde sie beten, sobald sie mich ihr Büro betreten sieht.

„Nein, deshalb bin ich nicht hier", flüstere ich, immer noch verwirrt über ihre abweisende Haltung.

„Was willst du, Erbin?"

„Ich muss mit dir über eine ernste Angelegenheit sprechen, aber ich möchte dich bitten, mich nicht so zu nennen", beschwere ich mich und versuche, ruhig zu bleiben. In der Zeit, in der ich hier bin, habe ich festgestellt, dass Dr. Kumari ein wenig wählerisch ist.

„Prinzessin also? Eure Hoheit vielleicht?"

„Bitte, das ist eine ernste Angelegenheit", protestiere ich.

„Was könnte so ernst sein, dass ich meinen Arbeitsalltagunterbrechen muss, um dir zuzuhören?"

„Ich habe morgen einen Termin bei Dr. Wilson, und du kennst sie am besten. Ich habe mich gefragt, ob..."

„Verdammt, damit hättest du anfangen sollen!", unterbricht Arya Kumari. "Setz dich, du Schlampe, lass uns reden. Nun, ich meine das auf eine liebevolle Art und Weise, du weißt ja, dass ich so rede", erklärt sie mit einem breiten Lächeln.

Ihr Gesicht scheint sich völlig verändert zu haben. Von völligem Desinteresse hat sie sich nach vorne gebeugt, um ihrer Freundin das perfekte Date zu besorgen.

„Ich wusste, dass Sofia Frauen mag. So viel Pech mit ihren heterosexuellen Beziehungen kann kein Zufall sein", sagt sie.

Ich versuche zu erklären, dass es eigentlich kein Date ist, obwohl ich es gerne hätte. Theoretisch essen wir nur zusammen zu Abend, um mich für das zu bedanken, was sie für mich getan hat, aber ich möchte, dass eins zum anderen führt.

„Sofia erwartet wahrscheinlich, dass du sie zum Essen in ein schickes Restaurant einlädst, wie deine Familie es tut, also solltest du das Gegenteil tun", sagt sie und öffnet ihre Hände, als wäre es selbstverständlich.

Ich nicke und nutze die Gelegenheit, sie nach Dr. Wilsons Vorlieben zu fragen, als ihre Augen aufleuchten, als hätte sie eine tolle Idee gehabt.

„Ich wollte ein Restaurant in der Nähe vom Santa Monica Beach vorschlagen, wo es die besten gegrillten Garnelen des Landes gibt. Dorthin nahm ich meine Frau bei unserer ersten Verabredung mit, aber dann erinnerte ich mich daran, dass Sofia immer davon erzählt, wie viel Spaß sie als Kind hatte, als ihre Eltern mit ihr den Vergnügungspark am Santa Monica Pier besuchten. Du könntest sie dorthin bringen und in der Nähe etwas essen gehen", schlägt sie vor.

Ich danke ihr für die Idee, denn in Wahrheit bin ich auch sehr gespannt auf unser erstes Treffen, und bevor ich sein Büro verlassen kann, ruft sie mich zurück.

„Es fällt ihr etwas schwer, es zuzugeben, aber sie hat euren Kuss im Park gestern wirklich genossen."

„Hat sie dir das gesagt?", frage ich erstaunt.

„Das habe ich ihr angemerkt, aber du hast das nicht von mir", fügt Arya hinzu.

„Dankeschön."

„Wenn du Sofia das Herz brichst, werde ich dir den Kopf abreißen, Erbin", warnt sie mich mit einem Augenzwinkern und einem breiten Lächeln zum Abschied.

Kapitel 11

Sofia

Als wir bei Sonnenuntergang am Santa Monica Pier ankommen, rutscht mir mein Herz in die Hose, als ich das große Riesenrad in der Ferne sehe. Plötzlich kommen mir so viele Erinnerungen an meine Kindheit in den Sinn, dass ich mit den Tränen kämpfen muss, um mein Make-up nicht zu ruinieren.

„Wir sind da", flüstert Siena neben meinem Ohr und deutet auf den Vergnügungspark.

Die Sonne beginnt am Horizont unterzugehen und färbt den Himmel in einem leuchtenden Rot mit orangefarbenen Streifen, als hätte ein unkontrollierter Pinsel eine leere Leinwand zerrissen. Das große Riesenrad spiegelt sich im Pazifischen Ozean. Seine Lichter tanzen auf den Wellen des Meeres und wecken Erinnerungen an Lachen, Zuckerwatte, Hot Dogs, Autoscooter oder das erste Stofftier, das mein Vater für mich als kleines Mädchen gewonnen hat und das ich immer noch habe.

Alles um uns herum ist ein Fest für die Sinne: das Lachen, die Wellen, die gegen den Pier schlagen, die Möwen, die am Himmel kreisen und nach den letzten Essensresten suchen. Ich schließe meine Augen und denke mir, dass Siena keinen besseren Ort für unser erstes Date hätte wählen können.

„VIP-Pässe? Ich hätte es wissen müssen", scherze ich, als ich sehe, wie Siena uns zwei Pässe aushändigt, mit denen wir alle Fahrgeschäfte ohne Anstehen benutzen können.

„Wenn wir eine Stunde warten müssen, um mit dem Riesenrad fahren zu können, wird unser Date viel zu kurz kommen", sagt sie achselzuckend.

„Das ist kein Date", protestiere ich.

„Sollen wir mit dem Riesenrad anfangen? Es ist schon eine Weile her, dass ich damit gefahren bin", sagt Siena mit dem Lächeln eines Kindes.

Das riesige Riesenrad dreht sich unermüdlich; die mehr als 174.000 LED-Lichter schaffen eine fast magische Atmosphäre, und als Siena meine Hand nimmt und sich im Sitz an mich schmiegt, kann ich nicht anders, als einen langen Seufzer auszustoßen. Die Wärme ihres Körpers in dieser wunderbaren Umgebung lässt sich kaum in Worte fassen. Sie drückt meine Hand, während wir die fantastische Aussicht auf den Strand von Santa Monica genießen, und als das Riesenrad aufhört, sich zu drehen, hebt sie ihren Kopf und gibt mir einen sanften Kuss auf die Wange, der mich direkt ins Paradies versetzt.

Ehe ich mich versehe, schreie ich zusammen mit Siena und hebe meine Arme im West Coaster, der Achterbahn, die den Park von einer Seite zur anderen durchquert. Ich bewundere die Aussicht auf die Bucht für ein paar kurze Momente, bevor ich mit einer schwindelerregenden Geschwindigkeit in die Tiefe stürze, die einem den Magen knurren lässt und einen dankbar werden lässt, dass man vor der Fahrt nichts gegessen hat.

„Guck mal, wie blöd wir beide aussehen", scherzt Siena, bevor sie das Foto von uns auf der Achterbahn als Souvenir kauft.

So sehr ich auch insistiert habe, dass das Foto exorbitant teuer ist, hat sie darauf bestanden, zwei Kopien zu kaufen, um sie als Andenken an unser erstes Treffen zu behalten, eine für sie und eine für mich. Sie besteht immer noch darauf, es ein Date zu nennen... und ich fange an zu glauben, dass es eines ist.

„Sag mir bitte nicht, dass du mit den kleinen Kindern Whac-A-Mole spielen willst", flüstere ich, als sie bei diesem Spiel stehen bleibt und nach einem Hammer fragt.

„Es gibt auch Eltern von Kindern", sagt Siena und zieht die Augenbrauen hoch.

„Ja, Eltern von Kindern, die ein Kuscheltier für ihre Kinder gewinnen wollen", protestiere ich.

„Ich möchte ein Kuscheltier für dich gewinnen."

Bevor ich ein weiteres Wort sagen kann, ist das Spiel schon im Gange und Siena hämmert auf alles ein, was aus einem der fünf Löcher im Spiel kommt, und schwingt den Hammer mit beängstigender Geschwindigkeit und Kraft. Eine Gruppe von Kindern lächelt und schaut uns an, flüstert etwas in unserer Nähe, aber nichts scheint sie abzulenken. Als die Zeit abläuft, beugt sich der Fahrdienstleiter vor und überreicht uns ein niedliches Tiger-Stofftier, was einige der Kinder, die sich um uns herum tummeln, neidisch anstarren.

„Es ist für dich", flüstert sie und streckt die Hand aus, um mir das Kuscheltier zu geben.

Ich merke, dass sie bis in die Ohrenspitzen rot wird, und wenn wir nicht von einem Haufen Kinder umgeben wären, würde ich am liebsten zu Siena rennen und ihr den besten Kuss ihres Lebens geben, weil mir gerade die Knie zittern und mein Herz schneller schlägt als in der Achterbahn, mit der wir gerade gefahren sind.

„Ach, wie niedlich", scherzt ein etwa siebenjähriges Mädchen mit frechem Gesicht, das prompt von seiner Mutter ausgeschimpft wird.

„Ich liebe es, wenn du rot wirst", seufzt Siena neben meinem Ohr.

„Ich werde dich umbringen, weil du mir das angetan hast", füge ich hinzu, bevor ich sie auf die Wange küsse.

Um mich für die Scham, die sie mir mit dem süßen Tiger-Teddy beschert hat, zu entschädigen, nimmt mich Siena zum Abendessen ins Beach Burger mit, wo wir ein paar leckere Angus-Burger und ein Bier bestellen.

Nach einem ruhigeren Abendessen haben wir ein entspanntes Gespräch, das nichts mit den bisherigen Gesprächen zu tun hat. Tief in mir drin habe ich es geahnt, aber unter dem Deckmantel eines schicken, rebellischen Mädchens verbirgt sich eine wunderbare Frau. Vor lauter Nervosität rede ich ein bisschen zu viel, aber Siena hört geduldig zu, nimmt meine Hand und schaut mir in ihre schönen Augen. Sie gab mir das Gefühl, geliebt zu werden und sich bei ihr sehr wohl zu fühlen. So gut, dass ich anfange, alle meine ursprünglichen Vorstellungen von Beziehungen in Frage zu stellen.

„Ich weiß nicht, wie es dir geht, aber für mich war es wie ein richtiges Date. Und es war wunderbar", sagt Siena, nachdem sie mich zur Wohnungstür gebracht hat.

Ich atme tief ein und stoße einen langen Seufzer aus.

„Das dachte ich auch, und ich gebe zu, es hat Spaß gemacht", gebe ich zu, schließe die Augen und schüttle den Kopf, bevor ich spüre, wie ihre weichen Lippen meine küssen.

Siena küsst mich mit der Sanftheit einer Feder, beißt leicht in meine Unterlippe und umkreist sie mit ihrer Zungenspitze, bis meine Knie zittern. Ein nicht zu ignorierendes Kribbeln kribbelt in meinem Unterleib, und ich gestehe mir ein, dass ich, wenn sie mich bittet, die Nacht in meiner Wohnung zu verbringen, keine Ausrede für ein Nein finden werde, denn ich werde ihr nichts abschlagen.

„Gute Nacht, Sofia", flüstert sie mit einem Kuss hinter meinem Ohrläppchen, der mir die Nackenhaare zu Berge stehen lässt.

„Gute Nacht", seufze ich und bin sprachlos.

Ich würde ihr gerne sagen, dass sie mit hochkommen soll. Ich bin mir fast sicher, dass sie darauf wartet, aber mein Herz klopft so heftig, dass mir die Worte fehlen und ich nicht klar denken kann.

Erst als ich die Lichter ihres Autos in der Ferne verschwinden sehe, wird mir klar, dass ich eine Idiotin gewesen bin. Ich hätte sie einladen sollen. Scheiße, ich bin kein Teenager mehr, mein Körper hat nach einer Nacht mit ihr geschrien und ich habe sie gehen lassen.

Und während ich den Schlüssel in das Schloss der Tür stecke, denke ich mir, dass ich mich nicht einmal an eine so wunderbare Verabredung wie die heute Abend erinnern kann, und ich bin überrascht zuzugeben, dass ich mich in eine Frau verguckt habe.

Kapitel 12

Sofia

„Bitte erzähl mir davon! Ich will alle Details wissen", sagt Arya, während wir noch schnell einen Kaffee trinken, bevor der Tag beginnt.

„Was willst du wissen?"

„Alles. Vor allem die blutigen Details", scherzt sie.

Ich lege eine Hand an die Stirn und schüttle amüsiert den Kopf. Auch wenn sie jetzt mit Patricia verheiratet ist und sich niedergelassen hat, ist Arya immer noch ein Teenager mit rasenden Hormonen.

„Ich gebe zu, es war ein tolles Date", gebe ich mit einem langen Seufzer zu.

„Oh, Sofia ist endlich auf die gute Seite gewechselt ist", unterbricht Arya und zieht die Augenbrauen hoch.

„Du bist eine Idiotin. Es gibt keine richtige oder falsche Seite. Ich sage dir nur, dass es ein tolles Date war. Siena hat mich dazu gebracht, einen wunderbaren Nachmittag mit ihr zu verbringen. Wir hatten viel Spaß im Vergnügungspark, sie hat sogar ein Stofftier für mich beim Whac-A-Mole gewonnen und wir haben beim

Abendessen über alles gesprochen. Ich weiß nicht, es war wirklich nett, sogar süß", gebe ich achselzuckend zu.

„Was ist mit der Nacht?"

„Wir haben die Nacht in unseren eigenen Betten verbracht. Wir küssten uns auf meiner Türschwelle zum Abschied und das war's."

Aryas Augen weiten sich wie Untertassen. Ich weiß nicht, warum sie erwartet haben muss, dass ich mit Siena geschlafen habe, als wir von unserem Date zurückkamen. Die Wahrheit ist, dass ich, sobald sie weg war, bereute, es nicht getan zu haben, aber damals wagte ich es nicht einmal, sie hereinzubitten.

„Und wie geht es jetzt weiter?", fragt Arya, die das Thema nicht zur Ruhe bringen kann.

„Ich weiß es nicht", gebe ich seufzend zu, "ich weiß nicht, was ich will oder was sie will", füge ich hinzu und schaue zu Boden.

Siena

„Ich glaube, es wäre gut, wenn wir uns unterhalten könnten", sagt Sofia, als ich durch ihre Bürotür komme.

Verdammt, sie hat nicht einmal darauf gewartet, dass ich meine Jacke an der Garderobe ablege. Ich beobachte sie genau, und sie scheint nervös zu sein. Sie fummelt beharrlich mit einem Stift zwischen ihren Fingern herum, und ihr rechtes Bein wippt ständig. Ich hoffe, sie gehört nicht zu den Frauen, die schon nach dem ersten Date bei dir einziehen wollen.

„Was ist los?"

Ich setze mich ihr gegenüber, stütze meine Ellbogen auf den Tisch und lege mein Kinn auf meine verschränkten Finger. Ich starre sie an, in Erwartung dessen, was sie zu sagen hat, aber nur Stille erreicht meine Ohren.

„Erde an Sofia", scherze ich und fahre ihr langsam mit der offenen Hand vor die Augen, als ich sehe, dass sie nichts sagt.

„Es ist wichtig für mich, Siena", wirft sie mir mit ernster Miene vor.

Ich entschuldige mich, als ich merke, dass sie sehr angespannt ist, und verspreche ihr, dass ich ein offenes Ohr habe, aber als ich sehe, dass sie immer noch zögert, beschließe ich zu handeln.

„Ich hatte viel Spaß bei unserem Date", gebe ich zu und lächle mein bestes Lächeln.

„Das hatte ich auch. Darüber wollte ich mit dir sprechen", gibt Sofia zu. „Wohin führt das? Hast du dir etwas überlegt?"

Ich bekomme langsam ein ungutes Gefühl. Diese Frau scheint der Typ zu sein, der alles geplant haben muss, und das passt mir nicht. Ich mag sie sehr, das werde ich nicht leugnen, aber im Moment habe ich nicht den Kopf für eine ernsthafte Beziehung oder für eine paranoide Frau. Wenn Sofia in diese Richtung gehen will, sind wir auf dem falschen Weg.

„Ich dachte, ich würde mich gerne noch einmal mit dir treffen, und das war's", antworte ich, vielleicht ein wenig unhöflich.

„Ich würde es gerne langsam angehen", flüstert sie, als hätte sie Angst, dass uns jemand hören könnte.

Ich ziehe die Augenbrauen hoch und überlege einen Moment lang, was ich antworten soll. Es war nur eine Verabredung. Ich sehe keinen Sinn darin, mir das alles noch einmal durch den Kopf gehen zu lassen, aber ich will sie nicht verärgern und die Chancen auf ein

Wiedersehen zunichtemachen, denn ich würde sie gerne mit ins Bett nehmen.

„Kein Problem."

Sie lächelt und nickt. Das war wohl die Antwort, auf die sie gewartet hatte. Ein gutes Zeichen.

„Sag mir etwas", unterbricht sie plötzlich. „Wenn ich dich nach dem Essen in meine Wohnung eingeladen hätte, wärst du dann nach oben gekommen?"

„Willst du die Wahrheit wissen?"

„Bitte."

„Ich hatte den Satisfyer auf Hochtouren laufen. Ich hätte nicht gezögert, und wenn es dich nicht stören würde, würde ich jetzt die Tür schließen, zwischen deine Beine schlüpfen und dir den besten Orgasmus deines Lebens bescheren", flüstere ich und lehne mich an sie.

Ich finde es amüsant, wie nervös sie geworden ist. Ihr ganzes Dekolleté hat sich aufregend rötlich verfärbt, und während ich mir auf die Unterlippe beiße, versucht Sofia zu verbergen, dass sich ihre Brustwarzen durch die Bluse abzeichnen.

„Du bist diejenige, die gefragt hat", sage ich und hebe meine Hände.

Leider wird unser Gespräch durch einen Notfall unterbrochen. Die Tests für einen ihrer Patienten sind eingetroffen, und Sofia entschuldigt sich höflich und verlässt eilig ihr Büro. Eines der Dinge, die mir an ihr am meisten auffallen, ist, dass sie bei ihrer Arbeit eine wahre Achterbahnfahrt zu durchlaufen scheint.

Ich dachte immer, dass es Ärzten gelingt, sich von den Diagnosen ihrer Patienten zu distanzieren, zumindest nach ein paar Jahren Erfahrung. Sofia kann jedes Mal, wenn es ihr gelingt, jemanden zu heilen, in den Himmel aufsteigen oder mit jeder schlechten Nachricht in die Hölle stürzen. Sie ist eine der einfühlsamsten Personen, die ich je getroffen habe, und ihre Patienten lieben sie. Sie gibt ihnen das Gefühl, sicher und besonders zu sein. Ich schreibe mir auf, dass ich ihr Gehalt erhöhen werde, wenn ich eines Tages dieses Krankenhaus leite, was ich nicht glaube, dass ich das tun werde.

Kapitel 13

Sofia

Ehe ich mich versehe, tut die Zeit ihr unerbittliches Werk und die Tage vergehen. Die Woche seit meiner ersten Verabredung mit Siena vergeht erstaunlich schnell, als ob allein ihre Anwesenheit die Uhrzeiger schneller laufen lassen könnte.

Die wenigen verlorenen Momente, die ich auf der onkologischen Station habe, sind mit ihr viel erträglicher. Sie wird zu einer festen Größe an unserem Kaffeetisch und tut sich oft mit Arya zusammen, um mich in kompromittierende Situationen zu bringen.

Die schönen Momente meines Berufs mit Siena zu teilen, ist eine wunderbare Sache. Seltsamerweise scheint sie sich genauso zu freuen wie ich, wenn einer meiner Patienten den Krebs besiegt hat und entlassen wird. Es ist schwer zu verstehen, aber obwohl wir erst seit kurzem zusammen sind, fange ich mit jedem Tag, den ich mit ihr verbringe, an, etwas Tieferes zu fühlen, und das macht mir ein wenig Angst, weil es mir noch nie so schnell passiert ist.

„Wie wäre es, den Nachmittag im Palisades Park zu verbringen?", schlägt Siena vor und streichelt mir geistesabwesend über den Rücken. „Morgen hast du frei und es findet eine *Food Truck* Convention statt. Wir werden viele verschiedene Gerichte ausprobieren können", fügt sie hinzu.

Ich denke, wir verhalten uns im Krankenhaus sehr diskret. Das war eine der Bedingungen, die ich gestellt habe, damit sie mit ihr ausgeht, zumindest bis wir uns darüber im Klaren sind. Unsere Situation ist sehr seltsam, und ich möchte keine Verdächtigungen oder schlechten Gedanken schüren. Einerseits ist sie derzeit hierarchisch von mir abhängig, so dass ich die Personalabteilung informieren und eines dieser endlosen Formulare ausfüllen müsste.

Wenn sie jedoch die Tochter des Krankenhausbesitzers ist, wird jegliche Hierarchie umgangen, und in diesem Fall bin ich diejenige, die sich in einer potenziell schwachen Position befindet. Ich bin mir ziemlich sicher, dass wir in der Personalabteilung kein Protokoll haben, in dem festgelegt ist, wie wir uns verhalten sollen, wenn wir uns mit einem Mitglied der Familie Collins treffen.

Auf jeden Fall habe ich manchmal den Eindruck, dass einige der Krankenschwestern misstrauisch sind.

Vielleicht bilde ich mir das nur ein, aber sie scheinen uns ein wenig seltsam anzuschauen. Aus meinem Umfeld wissen es natürlich Arya, Daniela und Laura, obwohl ich sehr darauf geachtet habe, es niemandem sonst zu erzählen, und ich bin sicher, dass es auch keiner von ihnen weiß.

Siena

Der Tag war wirklich beschissen. Seit ich heute Morgen gegen halb elf das Krankenhaus verlassen habe, ist nichts mehr richtig gelaufen, und nur die Tatsache, dass ich mit Sofia zum Abendessen gehe, lässt die Zeit schneller vergehen.

Um zwölf Uhr hatte ich einen Termin bei Richter McGrath, um meine Strafe für die gemeinnützige Arbeit nachzuholen. Ich hatte alles gut dokumentiert und erwartete keine Unannehmlichkeiten. Noch viel weniger hatte ich erwartet, meinen Vater im Richterzimmer zu treffen. Was eigentlich nur eine Routinebesprechung sein sollte, um sicherzustellen, dass ich jeden Tag ins Krankenhaus komme, entwickelte sich zu einem ausgewachsenen Verhör, das viel zu lange dauerte.

Ich musste eine ganze Reihe von Fragen über Sofia beantworten, und das war mir viel unangenehmer, als ich gedacht hätte.

Es ist seltsam, aber jedes Mal, wenn sie in Frage stellten, wie Sofia an meine Zeit in der Onkologie herangegangen war, fühlte es sich wie ein persönlicher Angriff an und machte mich nervös. Am Ende habe ich mich beim Mittagessen mit meinem Vater gestritten. Ich wollte vor zwei Uhr wieder im Krankenhaus sein, um mit Sofi ein schnelles Sandwich zu essen, und jetzt bin ich um fast sechs Uhr zurück, gestresst und stinksauer.

„Hast du Dr. Wilson gesehen?", frage ich eine der Krankenschwestern, als ich die Onkologie betrete.

Es ist nicht mehr lange bis zum Ende ihres Arbeitstages, aber sie bleibt immer noch länger, um eine letzte Runde mit ihren Patienten zu machen oder einige der Fälle genauer zu studieren.

Die Krankenschwester zuckt mit den Schultern, ebenso wie die nächste Person, die ich frage, eine Praktikantin, die seit fast einem Monat mit ihr zusammenarbeitet. Niemand scheint zu wissen, wo sie ist, es ist, als sei sie vom Erdboden verschluckt worden.

„Was gibt es, Erbin?", antwortet Arya am anderen Ende der Leitung.

Egal, wie oft ich ihr gesagt, gebettelt, gefleht und angefleht habe, mich nicht mehr Erbin zu nennen, es hat nichts genützt. Ich schätze, so ist sie nun mal. Ich fange an, mich sehr gut mit ihr zu verstehen, aber manchmal ist sie zu intensiv und zu freigeistig.

„Weißt du, wo Sofia sein könnte?", beeile ich mich zu fragen. „Ich kann sie nirgendwo finden."

„Hast du es schon auf der Dachterrasse versucht?"

„Nein. Warum sollte sie dort sein?"

„Wenn sie eine Assistenzärztin ficken will, geht sie normalerweise dorthin", antwortet Arya.

„Was?"

„Verdammt, dein Herz ist fast stehen geblieben, nicht wahr, Erbin?", scherzt Arya. „Wenn es ihr nicht gut geht, geht sie auf die Dachterrasse. Es hilft ihr, allein zu sein und nachzudenken", erklärt sie.

„Du bist ein Arschloch, Arya", protestiere ich, "du hast mich zu Tode erschreckt."

Nachdem ich den Hörer aufgelegt habe, fahre ich mit dem Aufzug ins oberste Stockwerk und steige die Stufen der Treppe zur Dachterrasse hinauf, zwei auf einmal.

Ich öffne vorsichtig die Tür und da ist sie. Sie sitzt, den Blick auf den Horizont gerichtet. Die Konzentration auf einen nicht existierenden Punkt.

„Geht es dir gut?", flüstere ich und setze mich neben sie.

Sofia dreht sich überrascht zu mir um, ihre Augen sind rot vom Weinen, sie nimmt meine Hand in ihre und drückt sie ganz fest.

„Man kann nichts mehr für sie tun, Siena", schluchzt sie. „Sie hinterlässt drei kleine Kinder."

Sie beißt sich vor Schmerz auf die Unterlippe, und ich weiß sofort, von wem sie spricht. Sofi hatte sich einige Tage lang Sorgen um eine Frau in den Vierzigern gemacht, die auf die Behandlung nicht gut ansprach.

Ich kann nichts anderes tun, als mich neben sie zu setzen und langsam ihren Rücken zu streicheln, in dem vergeblichen Versuch, sie dazu zu bringen, das Geschehene zu vergessen.

„Was ist mit der experimentellen Behandlung, von der du mir in Houston erzählt hast?", frage ich und erinnere mich an ein Gespräch, das wir vor ein paar Tagen hatten.

„Es ist sehr schwierig, sie aufzunehmen, und in ihrem Zustand müsste sie mit einem medizinischen Flugzeug fliegen", erklärt Sofia und blickt zu Boden. „Selbst wenn wir es irgendwie schaffen würden, sie aufzunehmen und sie dorthin zu bringen, wäre das wie ein Wunder."

„Manchmal geschehen Wunder", flüstere ich und küsse sie auf die Wange.

„Du hast mich nicht verstanden, Siena. Es ist unmöglich, sie aufzunehmen, und wir haben kein medizinisches Flugzeug, um sie zu transportieren", wiederholt sie und senkt ihre Stimme.

„Darf ich es versuchen?", frage ich, wohl wissend, dass ich Schwierigkeiten bekommen werde, wenn ich um diesen Gefallen bitte.

Sofia zuckt nur mit den Schultern, und ich löse mich von ihr, um mehrere Telefonate zu führen. Ich weiß nicht einmal, warum ich das tue, was ich tue, und mein Vater wird mich umbringen, wenn er erfährt, dass ich das Geld unserer Stiftung verwendet habe, um ein medizinisches Flugzeug zu mieten, aber zwanzig Minuten später nähere ich mich Sofia wieder.

„Du sollst dich mit Dr. DaPinto in Houston in Verbindung setzen, um die Einzelheiten des Falles zu besprechen. Wenn er einverstanden ist, hast du zu dem Zeitpunkt, zu dem du mich bittest, sie dorthin zu bringen, ein Flugzeug zur Verfügung", sage ich mit einem stolzen Lächeln.

Sofia hält sich eine Hand vor den Mund und sieht mich an, als hätte sie gerade einen Außerirdischen gesehen. Sie wischt sich eine Träne von der Wange und umarmt mich dann so fest, dass es sich anfühlt, als wolle sie mich brechen.

„Wenn das gut läuft, kann diese Frau vielleicht dank dir weiterleben. Ich weiß nicht, wie ich dir das vergelten kann", seufzt sie und küsst mich.

„Sprich mit dem Arzt, wir wollen nichts überstürzen", unterbreche ich sie und streichle ihren linken Arm.

Sofi rennt in ihr Büro und führt die nächsten fünfundvierzig Minuten ein Telefongespräch mit dem Arzt aus Houston in einer Sprache, die ich nicht verstehen kann, obwohl ich mich im letzten Jahr meines Medizinstudiums befinde.

Ich für meinen Teil sitze in ihrem Büro und beobachte sie einfach aufmerksam. In ihrer Stimme liegt so viel Leidenschaft, in ihrem Verstand so viel Wissen, dass ich einfach stolz auf sie sein muss. Wir waren kaum längere Zeit zusammen, und ich bezweifle, dass wir es jemals schaffen werden. Ich bin nicht bereit für eine langfristige Beziehung mit jemandem, nicht bevor ich meine inneren Dämonen besiegen kann. Doch in diesem Moment, in dem sie mit ihrem Kollegen in Houston die Einzelheiten des Falles bespricht, würde ich sie sofort heiraten.

„Es tut mir leid, dass ich dir unsere Verabredung ruiniert habe", entschuldigt sich Sofia um kurz vor Mitternacht.

„Es war es wert. Ich bin so stolz auf dich", versichere ich ihr im Flüsterton, "Wie wäre es, wenn ich dir bei mir zu Hause etwas koche und wir uns auf dem Sofa einen Film ansehen?", schlage ich vor, als ich die Müdigkeit in Sofias Augen sehe.

Kapitel 14

Siena

Sofia lehnt ihren Kopf an meine Schulter, ihr Atem geht ruhig und rhythmisch, während sie schläft. Sie sagte mir, sie sei es nicht gewohnt, Alkohol zu trinken, und ist neben mir auf dem Sofa eingeschlafen. Ich hoffe, das war der tatsächliche Grund, denn weder unser Gespräch noch der Film, den wir gesehen haben, waren so schlecht.

Ich liege ganz still, um sie nicht zu wecken, und streichle sanft ihr Haar. Ich müsste sie ins Bett bringen, damit sie sich ausruhen kann, aber sie ist so schön und schläft neben mir, dass es mir peinlich ist, sie zu bewegen.

Nach einer Weile verschiebt sie ihren Körper leicht und atmet leise aus. Ihr Kopf ruht jetzt auf meinen Brüsten, und so sehr es mir auch gefällt, ich glaube, ich sollte sie ins Bett bringen. Es amüsiert mich, dass es ihr immer noch schwer fällt, zu akzeptieren, dass sie Frauen mögen kann. In ihrem Fall denke ich eher, dass sie es nicht einmal in Betracht gezogen hat, obwohl einige ihrer besten Freunde lesbisch sind. Und das liegt nicht daran, dass Arya Kumari darauf besteht, dass das Problem in ihren Beziehungen darin besteht, dass sie das falsche Geschlecht datet.

„Lass uns ins Bett gehen, Schlafmütze", flüstere ich und bewege mich leicht, damit sie nicht merkt, dass ihr Mund auf einer meiner Brüste liegt.

„Wie spät ist es?", fragt sie, völlig deplatziert.

„Es ist zwei Uhr, aber du schläfst wie ein Stein. Ich bringe dich jetzt ins Bett, damit du dich ausruhen kannst. Es ist besser, wenn du heute Nacht in meiner Wohnung bleibst", schlage ich vor, während ich ihr aufhelfe.

„Ich glaube, ich habe zu viel getrunken", gibt sie zu und lehnt sich auf dem Weg ins Schlafzimmer an meinen Körper.

Mit einem lauten Gähnen sitzt sie auf meinem Bett und ist nur halbwegs wach, während ich einen Knopf nach dem anderen von ihrer Bluse öffne.

„Du weißt, dass es mich sehr anmacht, wenn du mich ausziehst?", scherzt sie und streckt ihre Silben mit Alkohol.

„Du musst jetzt schlafen, okay?", flüstere ich und lege meinen Zeigefinger auf ihren Mund.

Und sobald ich ihr helfe, ihren BH auszuziehen und eines meiner T-Shirts anzuziehen, lässt sich Sofia auf die Matratze fallen, öffnet den Mund und schläft völlig ein. Ich schüttle den Kopf, während ich ihre Jeans aufknöpfe und ihre Socken ausziehe. Sofia hat wunderschöne Füße, die man am liebsten in der Badewanne massieren würde.

„Heb deinen Hintern hoch, hilf mir ein bisschen", bitte ich und versuche, ihr die Hose auszuziehen, damit sie es bequemer hat.

Sobald ich es geschafft habe, dreht sich Sofi um, legt ihren Kopf auf das Kissen und fällt in einen tiefen Schlaf. Sie hat noch nicht einmal bemerkt, dass wir uns ein Bett teilen werden, obwohl es für mich eine gigantische Anstrengung sein wird, die Nacht an eine Person zu kleben, zu der ich mich genauso hingezogen fühle wie sie.

Sofia

Etwas weckt mich mitten in der Nacht auf. Ich öffne träge meine Augen und schaue auf die Uhr, es ist vier Uhr morgens. Ich erinnere mich, dass ich während des Films eingeschlafen bin. Wir hatten zu viel getrunken und Siena bestand darauf, dass ich in ihrer Wohnung bleibe. Sie half mir beim Ausziehen und ließ mir eines ihrer T-Shirts da, damit ich darin schlafen konnte. Ich glaube, etwas später ist sie auch ins Bett gegangen, aber ich weiß es nicht mehr.

Obwohl ich auf der anderen Seite stehe, spüre ich ihren Körper auf der Matratze, leichte Bewegungen, ihre Atmung ist unruhiger, als wenn sie schlafen würde.

Ich liege ganz still und versuche, in der fast absoluten Dunkelheit, die das Schlafzimmer umgibt, mein Gehör zu schärfen. Ich höre ein leichtes Streichen gegen die Laken, ihre Beine bewegen sich, kleine, fast unhörbare Seufzer.

Das kann nicht sein. Nein, natürlich nicht.

Ich versuche, den Gedanken aus meinem Kopf zu verdrängen, aber ich glaube, Siena masturbiert neben mir. Ich versuche so gut es geht, den Gedanken zu verdrängen und wieder einzuschlafen. Ich bin mir sicher, dass ich mir das nur einbilde. Sie kann nicht direkt neben mir an sich herumfummeln, nicht wenn wir ein Bett teilen, egal wie sehr ich glaube, dass ich schlafe.

Ich kann nicht einschlafen. Ich versuche mir vorzustellen, wie Siena ihr Geschlecht streichelt, und das macht mich zu nervös. Meine Ohren sind jetzt auf das kleinste Geräusch gerichtet, ich versuche, auch die kleinste Bewegung ihres Körpers wahrzunehmen. Mein Herz klopft und ich spüre, wie sich meine Brustwarzen gegen den weichen Stoff meines T-Shirts verhärten. Scheiße, gestern haben wir uns nur ein paar Mal geküsst, aber weiter sind wir nicht gegangen. Ich kann nicht so erregt sein. Vielleicht ist es nur ein Albtraum, sie kann es nicht tun.

Ich liege regungslos auf dem Bett, kann mich nicht bewegen, halte den Atem an und versuche, den Grad meiner Erregung zu begreifen, den ich gerade empfinde. Eine Erregung, die mit jedem Geräusch, das ich auf der anderen Seite des Bettes höre, zunimmt.

Das ist mir jetzt klar. Ich schließe die Augen und lausche ihrem Atem, dem Geräusch ihrer Finger, die durch die Nässe ihres Geschlechts gleiten, ihren Füßen, die bei jeder Bewegung über das Laken streichen.

Siena streichelt sich langsam und versucht, keine Geräusche zu machen, ohne zu bemerken, dass ich ihr zuhöre. Sie denkt wahrscheinlich, dass ich schlafe, und für einen kurzen Moment denke ich, dass ich ihr Vertrauen missbrauche. Irgendwie verletze ich fast ihre Privatsphäre, wenn ich ihr zuhöre.

Vielleicht sollte ich mich etwas drehen, damit es aufhört. Oder Husten. Irgendein Geräusch oder eine Bewegung, die sie zum Aufhören veranlasst.

Aber gleichzeitig ist es auch etwas Schönes, Sinnliches. Es ist äußerst erregend, zu wissen, dass sie neben mir masturbiert, zu wissen, dass sie etwas mehr als einen halben Meter von mir entfernt einen intimen Moment genießt.

Das ist der Teil, aus dem ich nicht schlau werde. Als ich merkte, was Siena tat, dachte ich, dass es sehr unangenehm für mich sein würde, aber es ist das Aufregendste, an das ich mich erinnern kann.

Ich stelle mir vor, wie ihre Finger sanft ihre Klitoris streicheln, zwischen ihr Geschlecht gleiten, langsam in ihre Vagina eindringen und dabei kaum ein Geräusch machen. Ich kann fast das Vergnügen dieser Finger spüren, die mit berauschender Langsamkeit in ihr Inneres eindringen.

Zumindest ist es das, was meine Fantasie sehen will, während ich meine rechte Brustwarze über den Stoff meines T-Shirts streichle und darauf achte, keine plötzlichen Bewegungen zu machen. Sie fühlt sich hart und empfindlich an. Siena wird immer erregter, ich spüre es an ihrer etwas tieferen Atmung, an dem zunehmenden

Rhythmus, in dem sich ihre Finger in ihr Geschlecht hinein- und herausbewegen.

Ich versuche, mir ihren Kitzler vorzustellen, während sie ihn streichelt. Ich denke an Sienas schlanke Finger, die bis zu den Fingerknöcheln in ihre Vagina eindringen, an ihre Nässe, an das Gefühl, wie diese Finger in sie hineingleiten.

Meine Beine beginnen vor Erregung leicht zu zittern. In der Dunkelheit des Raumes reiben meine Füße unbewusst aneinander.

Ich versuche mir vorzustellen, wie ihr Sex sein könnte, wie sie riecht, wie sie sich anfühlt. Ich stelle mir vor, wie sie feucht wird und sich öffnet, um ihre Finger aufzunehmen.

Und jetzt bin ich hier und höre im Dunkel der Nacht, wie Siena sich um vier Uhr morgens streichelt. Ich stelle mir bis ins Detail vor, was sie tut, verloren in der Vorstellung, dass sie wahrscheinlich denkt. Noch besser ist es, sich vorzustellen, dass ich es mit ihr treibe, zu träumen, dass meine Finger in sie eindringen.

Langsam streiche ich über mein Schambein, lasse meine Hand an der Seite meines Höschens heruntergleiten, bis ich mein Geschlecht erreiche. Ich bin buchstäblich triefend, offen, erregt.

Ich atme etwas zittriger, als die Spitze meines Zeigefingers zwischen meine Schamlippen gleitet. Ich spüre die Spannung in meinen Muskeln, als sie leicht gegen den Eingang meiner Vagina drückt.

Siena spreizt ihre Beine weiter. Ihr linker Fuß streift einen meiner Füße. Sie hält an. Ich stehe auch ganz still. Unbeweglich. Ich halte den Atem an. Ich weiß nicht, was sie gefühlt haben muss, aber diese leichte Berührung ihres Fußes hat mir einen Schauer über den Rücken gejagt. Das hat mich so sehr erregt, dass ich mich sofort auf sie stürzen und ihr die Kleider ausziehen würde. Scheiße, ich kann nicht glauben, was hier passiert.

Ich höre wieder auf ihre Atmung und entspanne mich ein wenig mehr. Ich schließe wieder die Augen und konzentriere mich auf die kleinen Seufzer, die aus ihrem Mund kommen. Vorsichtig ziehe ich mein Höschen herunter, während einer meiner Finger in mein Geschlecht gleitet.

Ich spanne meinen Rücken an und versuche, keinen Laut von mir zu geben. Ich höre, wie sich ihre Finger wieder in ihre Muschi hinein- und herausbewegen, jetzt in einem schnelleren Rhythmus. Sie bewegt sich noch ein wenig mehr, ein leises Stöhnen kommt aus ihrem Mund, das mich seufzen lässt.

Mein Gott, was für ein Stöhnen! Ich könnte auf der Stelle sterben, wenn ich dieses schöne Stöhnen höre. Ich würde töten, um es noch einmal zu hören, aber sie hat wieder aufgehört, weil sie weiß, was gerade passiert ist.

Als ich sie wieder höre, kann ich meine Erregung nicht verbergen. Meine Finger reiben an meinem Kitzler, ich klammere mich fest an die Laken und versuche, keinen Laut von mir zu geben, leise zu sein. Ihre Atmung ist jetzt viel unruhiger, kleine gedämpfte Seufzer, die sich mit meinen eigenen vermischen.

Ihr Fuß streift wieder gegen meinen Fuß. Zögernd streichelt Siena meinen Knöchel, und mein Herz klopft so heftig, dass es mir aus der Brust springen könnte.

Ich erschaudere, als sie sich umdreht und auf den Rücken legt, ihren Körper an meinen drückt und ihre harten Brustwarzen meinen Rücken berühren. Sie streichelt mein Haar mit wunderbarer Sanftheit, streicht meine Mähne zur Seite, bis ihre Lippen nahe an meinem Ohr sind.

„Du hast masturbiert", flüstert sie.

„Du auch."

„Habe ich dich geweckt?"

„Ja, aber das war es wert", gestehe ich seufzend.

„Hast du an mich gedacht?"

„Du hast ganz schön Nerven, vornehmes Mädchen", necke ich und erschaudere, als ich einen sanften Kuss hinter meinem Ohrläppchen spüre.

„Würdest du es nicht lieber fühlen als es dir vorzustellen?", schlägt sie vor.

„Du machst mich zu nervös", gebe ich zu und verschränke meine Finger mit ihren über meinem Bauch.

Und von diesem Moment an sind Worte überflüssig, denn ich weiß nicht, ob ich gestorben und ins Paradies gekommen bin oder ob ich noch auf der Erde bin. In dieser Nacht lieben wir uns bis zum Morgengrauen, erforschen unsere nackten Körper und verschlingen uns gegenseitig mit Küssen. Von meiner ersten sexuellen Erfahrung mit einer Frau hätte ich nicht mehr erwarten können, es ist, als ob ich plötzlich all das Verlangen, das ich über die Jahre angesammelt habe, an die Oberfläche kommen lasse. Ich fühle mich glücklich, vollständig, frei. Sicher mit Siena.

Kapitel 15

Sofia

Ich wache früh auf, obwohl wir so wenig Schlaf hatten. Das ist das Schlimme an meinem Job: Ich stehe jeden Tag früh auf, und mein Körper kann nicht zwischen freien Tagen und Arbeitstagen unterscheiden. Siena schläft immer noch neben mir, ihr Atem ist leise und ich muss lächeln, als ich sehe, dass sie ganz leicht schnarcht.

Ich stehe aus dem Bett auf, versuche, kein Geräusch zu machen, und mache mich auf den Weg ins Bad. Gestern habe ich vor lauter Wein und Aufregung gar nicht mehr daran gedacht. Ich muss zugeben, dass der Sex mit Siena wunderbar war, ich glaube, der beste, den ich je in meinem Leben hatte; natürlich weiß das Mädchen, was sie tut. Aber ich habe mich nie zu Frauen hingezogen gefühlt, und ich bin mir auch nicht sicher, ob ich mich zu ihr hingezogen fühle.

Scheiße, ich weiß nicht mal, ob sie mit einer anderen zusammen ist. Das Letzte, was ich jetzt gebrauchen kann, ist, dass ich ihr geholfen habe, ihre Freundin zu betrügen.

Ich bin ein Wrack. Normalerweise hatte ich immer einen klaren Kopf; seit ich ein kleines Mädchen war, wusste ich immer, was ich wollte. Aber jetzt...

Ich klammere mich an den Rand des Waschbeckens und starre in den Spiegel, als ob mein Spiegelbild eine Antwort geben könnte. Die dunklen Ringe unter meinen Augen und das ungekämmte Haar sind stumme Zeugen der Nacht, die wir verbracht haben.

„Guten Morgen", flüstert Siena, die hinter mir steht, "hast du schon geduscht?"

„Ich habe dich doch nicht geweckt, oder?", frage ich und zwinge mich zu einem Lächeln, obwohl ich gerade sehr nervös geworden bin.

Es ist, als ob das Licht des Tages oder unsere Reflexion im Spiegel alles realer macht, als ob die Orgasmen der letzten Nacht ein Traum gewesen wären und ich mich jetzt der Realität stellen muss. Eine Realität, von der ich nicht weiß, ob sie mir gefällt oder ob sie mir Angst macht. Oder beides gleichzeitig, denn ich spüre eine Spannung in meiner Brust, die mich kaum atmen lässt.

Siena schmiegt sich an meinen Körper und legt ihre Hände auf meine Schultern. Es ist eine sanfte, sinnliche Berührung, die sie nur unterstützt, aber gerade so viel, dass ich eine Gänsehaut bekomme. Meine Brustwarzen sind unaussprechlich, fordern Aufmerksamkeit, zeigen sich stolz durch den dünnen Stoff meines T-Shirts und betteln um Sienas Hände oder Zunge auf ihnen.

„Was für eine Nacht, nicht wahr? Du hast einen sehr schönen Körper", sagt sie und fährt mit ihren Fingerspitzen meine Wirbelsäule entlang.

Sein Mund ist an mein Ohr gepresst, ich spüre ihren warmen Atem an meinem Hals, den Duft ihres Körpers mit einem Hauch von Schweiß und Sex von der vergangenen Nacht. Ich schließe die Augen und stoße einen langen Seufzer aus, während mir die tausend Implikationen all dessen durch den Kopf gehen. Mein Herz schreit mich an, loszulassen und mich einer weiteren Sexsession mit dieser Frau hinzugeben. Mein rationaler Verstand hält die Zügel meines Körpers in der Hand und hindert mich daran, mich zu bewegen. Ihre Finger wandern zu meinen Schultern und zeichnen kleine Muster auf ihnen nach, bevor sie meine Arme bis zu meinen Hüften hinunterfahren.

Ich seufze und traue mich nicht, die Augen zu öffnen, als ob ich glaube, wenn ich ihr Bild nicht sehe, ist es nicht real. Trotzdem wird mein Atem immer unruhiger, als

Sienas Hände meinen Bauch streicheln und um meinen Nabel herumspielen.

Alles scheint sich in Zeitlupe abzuspielen. Ich konzentriere mich auf die neuen Empfindungen, auf die sanften Berührungen ihrer Finger. Ich will nicht, dass es aufhört, ich will, dass es weitergeht. Ich möchte lieber nicht darüber nachdenken, was passiert, denn diese Liebkosungen sind von einer Sinnlichkeit, von der ich nicht wusste, dass sie existieren kann.

Von meinem Bauch aus gleiten ihre Hände nach oben, wandern über meine Brüste und lassen mich ein leises Stöhnen ausstoßen.

Ich bekomme einen sanften Kuss auf meinen Hals. Ein zärtlicher Kuss, bei dem ich nur ihre Lippen spüre, als wolle sie mich beruhigen. Instinktiv wehre ich sie ab, bettle um mehr, bettle darum, dass ihr Mund mich mit diesen sanften Küssen erfüllt.

Ein Teil von mir will, dass sie weitermacht, dass ich nicht aufhöre, dass ich mich ihr ganz hingebe. Aber ich bin wie gelähmt, mein rationaler Verstand rebelliert, ich sollte diese intensiven Empfindungen nicht spüren, ich habe sie noch nie gefühlt.

Diese sanften Liebkosungen, diese kleinen Küsse, haben eine unendliche sinnliche Ladung, ungeheuer erregend. Ohne irgendetwas zu tun, schafft es Siena, mich so zu erregen, wie es kein Mann je zuvor getan hat. Ich möchte lieber nicht darüber nachdenken, was Arya sagen wird, wenn ich ihr eines Tages beichte, was los ist.

Mein Atem wird lauter und lauter. Meine Brustwarzen betteln darum, zwischen ihren Fingern hart zu werden. Ich bin klatschnass, zittere und bin begierig darauf, die wunderbare Erfahrung der letzten Nacht zu wiederholen.

Ich konzentriere mich immer noch auf ihren Körper, der sich an meinen presst. Ihr Duft. Ich versuche, die Tatsache zu ignorieren, dass mein graues Höschen zeigen könnte, was ich wirklich will.

Siena verschränkt ihre Finger mit meinen an meinem Bauch und zieht mich in ihre Arme. Ich spüre die Wärme ihres Körpers an meinem, ihre Brüste an meinem Rücken, ihre Lippen streicheln meinen Hals. Kurze Küsse, weiche Lippen. Die Spitze ihrer Zunge streift über meine Haut und fährt langsam an meiner Halsvene entlang.

Sie legt ihre Wange an meine und bewegt sich leicht, als ob wir tanzen würden. Instinktiv neige ich mein Gesicht, suche ihren Mund und bringe unsere Lippen zu einem köstlichen Kuss zusammen.

„Hör auf, bitte, Siena", flüstere ich.

„Gefällt dir das nicht?", fragt sie verblüfft.

„Doch, ich mag es. Ich mag es sehr. Das ist das Problem", gestehe ich.

„Das Problem? Wie kann das ein Problem sein?"

„Ich weiß es nicht. Ich möchte weitermachen, aber gleichzeitig möchte ich, dass du aufhörst", gebe ich achselzuckend zu.

„Weißt du, dass du ein bisschen seltsam bist?", scherzt sie mit einem charmanten Lächeln.

Ihre Finger spielen mit meinen Brustwarzen, die sofort hart werden. Ich stöhne, seufze, schaudere in ihren Armen, als ich spüre, wie ihre Fingerspitzen mein Geschlecht über meine Unterwäsche streicheln.

„Bist du sicher, dass ich aufhören soll?", fragt sie, als sie meine Aufregung spürt.

Ich weiß gar nicht, wie ich reagieren soll, ich seufze nur und schüttle den Kopf, als ihre Hand unter mein Höschen gleitet und mein Schambein streichelt.

„Willst du immer noch, dass ich aufhöre?", flüstert sie mir ins Ohr.

„Nein", seufze ich.

Sie zieht mein T-Shirt nach oben und schlüpft aus ihrem eigenen. Ich starre auf die Reflexion unserer nackten Oberkörper im Spiegel, und es ist ein sublim erotisches Bild, ein ungeheuer sinnliches Bild. Ich hätte nie gedacht, dass es mich so anmacht, mich im Spiegel neben einer nackten Frau zu sehen, es macht mich verrückt.

„Ah", seufze ich, als ich zwei ihrer Finger in mein Geschlecht gleiten spüre.

„Habe ich dich verletzt?", fragt sie, als sie meine Reaktion sieht.

„Ich habe es nicht erwartet", gestehe ich, "es war sehr gut."

Und wenn ich im Moment erregt bin, setzt mein Herz mehrere Schläge aus, sobald Siena dieselben Finger in den Mund nimmt, um sie abzulecken, und meine Beine können kaum das Gewicht meines Körpers tragen.

„Ich liebe es, wie du riechst und schmeckst", flüstert sie mit der sinnlichsten Stimme, die ich je gehört habe.

Sie schiebt ihre Finger wieder in mein Geschlecht, und diesmal fährt sie mit ihnen über meinen Mund, als sie sie wieder herauszieht. Ich schmecke meine eigene Erregung, meinen Geruch auf der Weichheit ihres Fingers, und ich weiß nicht einmal, was ich tue, während ich ihn leidenschaftlich lutsche.

Plötzlich legt Siena ihre Hände auf meine Taille und dreht mich zu sich herum. Sie legt ihre Stirn an meine, während sich unsere Brüste berühren, und streicht mir eine Haarsträhne hinters Ohr, bevor sie zu sprechen beginnt.

„Warum bist du heute Morgen so angespannt?", fragt sie. Ihre Nase streift die meine, während sie mit dem Handrücken meine Wange streichelt.

„Ich bin ein Wrack", gestehe ich.

„Warum sagst du mir nicht, was los ist?", schlägt sie vor.

„Darf ich dir etwas beichten?"

„Natürlich."

„Du wirst es doch niemandem erzählen, oder?", frage ich mit einigem Zögern.

„Wem soll ich es sagen?"

„Ich hatte schon immer große Schwierigkeiten, beim Sex zum Orgasmus zu kommen, und gestern hatte ich mehrere. Du hast mich unglaublich erregt", gebe ich zu und beiße mir auf die Unterlippe.

„Ich fühle mich geschmeichelt", flüstert Siena.

„Ja, aber du hast mein Leben auf den Kopf gestellt. Ich hatte alles geplant. Ich bin die Leiterin der Onkologie, ich zeige keine Unsicherheiten. Ich dachte immer, dass meine Beziehungen nicht funktionieren, weil ich nicht genug Zeit habe, weil ich mich nicht genug anstrenge. Und jetzt kommst du damit?"

„Und welches Problem siehst du?", fragt sie verwirrt.

„Alles. Scheiße, ich kann alles sehen. Zunächst einmal weiß ich nicht einmal, ob du eine Partnerin haben oder ob wir deine Freundin betrügen. Vielleicht bist du sogar verheiratet. Ich weiß wirklich nichts über dich, Siena."

„Ich habe keine Partnerin und bin nicht verheiratet. Beruhigt dich das?"

„Etwas mehr, ja", gebe ich zu und stoße tief Luft aus, bevor ich fortfahre. „Aber was soll es für dich sein? Wie soll es weitergehen?"

„Verdammt, Sofia, musst du denn wirklich alles planen?", protestiert sie und schüttelt den Kopf.

„Es tut mir leid, so bin ich nun mal."

„Was willst du für mich sein?"

„Ich weiß es nicht", gebe ich zu und senke meine Stimme.

„Was hältst du davon, wenn wir den Tag erst einmal zusammen verbringen und ich dich am Abend zum Essen ausführe? Ich verspreche, in der Öffentlichkeit nichts Unanständiges mit dir zu machen", neckt sie mich und küsst meine Nasenspitze. „Von da an werden wir sehen, was passiert, Schritt für Schritt."

„Normalerweise verfolge ich den umgekehrten Prozess. Ich habe ein paar Dates und dann Sex."

„Du bist komisch!", scherzt sie mit einem Lachen.

„Und du bist eine Idiotin", erwidere ich, bevor wir uns in einer langen, langen Umarmung vereinen.

Kapitel 16

Siena – Zwei Monate später

Das Ende meines Zivildienstes rückt immer näher und ich verspüre ein bittersüßes Gefühl. Einerseits kann ich es kaum erwarten, dieses Krankenhaus zu verlassen. Ich habe mich schon fast entschlossen, nicht wieder Medizin zu studieren und für Marlos Stiftung zu arbeiten, um Menschen zu helfen. Ich bin mir nicht sicher, wie ich das meiner Familie erklären soll, aber ich möchte es wirklich tun.

Der Fall der Frau, die wir nach Houston bringen konnten, hat mir bewusst gemacht, dass Geld, wenn es richtig eingesetzt wird, das Leben anderer Menschen verändern kann. Als ich ihre Freudentränen sah, als Sofia ihr sagte, dass die experimentelle Behandlung anscheinend zu wirken beginnt, schauderte es mich.

Was ich auch nicht weiß, ist, was ich mit Sofia machen will. Sie war der einzige Grund, der mir half, jeden Tag aufzustehen und ins Krankenhaus zu gehen. Zuerst dachte ich, sie sei eine biedere Frau, die nur weiß, wie man arbeitet. Eine Frau, die dachte, sie sei anderen überlegen, nur weil sie einen medizinischen Abschluss hatte. Die Realität hat mir gezeigt, dass Sofi ganz anders ist als all das.

Ich fühle mich sehr gut mit ihr, es ist, als ob sie das Chaos in meinem Leben irgendwie beruhigen kann, und das ist etwas, was keiner meiner vorherigen Partner geschafft hat. Ich weiß nicht, ob wir eine gemeinsame Zukunft haben, aber was mir klar ist, ist, dass ich sie im Moment nicht sehe.

Zunächst einmal bin ich nie ehrlich zu ihr gewesen. Sobald wir anfingen, intimer miteinander zu werden, hätte ich ihr sagen sollen, warum ich im Krankenhaus war. Es ist nicht so, dass ich ihr nicht vertraue – ich halte Sofia für einen der besten Menschen, die ich je getroffen habe, und ich weiß, dass sie mich nicht verletzen würde, zumindest nicht bewusst. Aber ich möchte wirklich nicht, dass sich im Krankenhaus das Gerücht verbreitet, ich hätte ein legales Drogenproblem gehabt. Davon würde mein Vater einen Herzinfarkt bekommen.

Ich will auch nicht, dass Sofia mich für eine Kriminelle hält. Ich hatte schon genug Probleme, sie dazu zu bringen, mich nicht als verwöhnte Göre zu sehen, ohne ihr zu sagen, dass ich im Krankenhaus bin und eine gemeinnützige Strafe wegen Drogen verbüße.

Und das Seltsame ist, dass ich mich schlecht fühle, weil ich ihr nicht die Wahrheit gesagt habe. Seit ich klein war, habe ich gelernt zu lügen, und ich kann es sehr gut, ich denke, es ist Teil der Erziehung, die ich von meinen Eltern erhalten habe. Sie lügen die ganze Zeit, wenn es in ihrem Interesse ist. Andererseits tut es mir weh, Sofia von der Wahrheit fernzuhalten.

Könnten wir eines Tages etwas erreichen? Ich wünschte, wir hätten uns ein paar Jahre früher getroffen. Im Moment bin ich zu kaputt, Sofia hat einen Menschen wie mich nicht verdient. Ich will sie nicht verletzen, und ich weiß, dass ich sie verletzen werde, wenn wir eine Beziehung haben. Ich weiß nicht, ob ich jemals die ganze Scheiße in meinem Kopf in Ordnung bringen werde. Wenn das passiert, werde ich wieder nach Sofia suchen, obwohl sie wahrscheinlich eine Frau gefunden hat, die sie glücklich macht.

Im Moment ist das Beste, was ich tun kann, aus ihrem Leben zu verschwinden, sobald mein Zivildienst im Krankenhaus vorbei ist. Ich weiß, es wird weh tun, aber es wird ein vorübergehender Schmerz sein, wenn wir eine Beziehung beginnen, werde ich sie immer wieder verletzen.

Und dann ist da noch meine Psycho-Ex. Sie hat mir wieder Nachrichten geschickt. Ich würde um nichts in der Welt zu ihr zurückkehren, ich könnte nicht noch mehr Leid ertragen, aber sie besteht darauf, und ich weiß, dass sie zu allem fähig ist. In ihrer letzten Nachricht schickte sie mir ein Foto von mir mit Sofia, ihr Gesicht mit einem roten Kreuz versehen. Sie muss uns im Krankenhaus gesehen haben. Scheiße, ich muss sie von meiner verrückten Ex wegbringen, ich werde mit ihr umgehen, wie ich kann, aber ich muss Sofia da raushalten und in Sicherheit bringen.

Während der Fahrt muss ich mich sehr anstrengen, um nicht zu weinen, denn ich möchte keine unangenehmen Fragen stellen. Heute werden wir einen besonderen Nachmittag am Strand verbringen, wir werden nackt im Meer baden und den Abend genießen. Unsere letzte gemeinsame Woche wird unvergesslich sein, dafür werde ich sorgen. Dann werde ich für immer aus ihrem Leben verschwinden.

Sofia

„Ich kannte diese Bucht nicht, sie ist wunderschön", gebe ich zu und genieße die Stille der Umgebung.

Zwischen den Millionen von Einwohnern unserer Stadt und ihrer Umgebung und der zunehmenden Zahl von Touristen, die wir empfangen, wird es immer seltener, eine kleine ruhige Bucht wie diese zu finden.

„Sie ist nur von einem der Anwesen meiner Familie aus zugänglich, deshalb ist niemand hier", antwortet Siena sachlich.

„Befinden wir uns auf dem Land deiner Familie?"

„Mach dir keine Sorgen, meine Eltern werden nicht plötzlich auftauchen. Und selbst wenn, dann werden sie mich nicht enterben", scherzt sie, während sie ein Handtuch in den Sand legt.

„Ich habe kein Haus gesehen", antworte ich verblüfft.

„Das Haus ist hinter diesen Bäumen", erklärt sie und zeigt auf eine Baumgruppe auf einem Hügel, "von dort oben hat man eine bessere Aussicht."

„Über wie viel Land reden wir?"

„Ich habe keine Ahnung. Es ist ziemlich groß. Natürlich viel weniger als die Ranch in Montana, aber sie ist groß. Ich kann fragen, wenn du willst", bietet Siena achselzuckend an.

Ich beeile mich, ihr zu sagen, dass ich nur neugierig bin, aber ich bin bald sprachlos und atemlos, als sie ihr T-Shirt und ihren BH auszieht und mir nur noch ein schönes schwarzes Höschen zeigt.

Ich weiß, dass ich diese Nippel schon mehrere Nächte im Mund hatte, aber sie im sanften Abendlicht zu sehen, ist wie die Bewunderung der Perfektion einer griechischen Göttin.

„Meine Augen sind hier oben", scherzt Siena mit einem Lächeln, für das man töten könnte.

„Es tut mir leid."

„Die Wahrheit ist, dass ich es wirklich schlimm fände, wenn du nicht auf meine Titten schaust", fügt sie hinzu und lächelt immer noch.

„Und wie kommt man dazu?", frage ich und deute auf ihren schönen Hintern.

„Hintern oder Schlüpfer?"

„Beides, nehme ich an."

„Den Schlüpfer habe ich aus einem Laden, am Sunset Boulevard verkauft. Was den Hintern angeht, denke ich, dass du ein bisschen im Fitnessstudio trainieren solltest", antwortet sie und zieht die Augenbrauen hoch.

„Das habe ich befürchtet", scherze ich und blinzele.

„Willst du in deinen Kleidern baden?"

„Kann uns denn niemand sehen?", frage ich nervös, während ich mich umschaue.

„Es ist ein Privatgrundstück, abgesehen von den Kameras, die alles aufzeichnen, kann uns niemand sehen."

„Scheiße, Siena! Mein Herz hat gerade einen Schlag ausgesetzt", rufe ich aus und halte mir eine Hand vor die Brust.

Doch in diesen Momenten beschleunigt sich mein Herzschlag nicht nur durch ihre Neckereien, sondern auch durch die Art und Weise, wie ihre Hände meine Hose aufknöpfen und in einer einzigen schnellen Bewegung zusammen mit meiner Unterwäsche nach unten ziehen.

Es ist das erste Mal, dass ich völlig nackt an einem Strand bin, und es ist ein seltsames Gefühl. Ich weiß, dass niemand in der Nähe ist, um uns zu sehen, aber die Brise an meinen Brustwarzen, gepaart mit dem Rauschen der Wellen und der sanften Wärme der Sonne, die langsam hinter dem Horizont verschwindet, bereitet mir ein Vergnügen, das schwer zu erklären ist. Oder vielleicht liegt es daran, wie aufgeregt ich im Moment bin. Wahrscheinlich letzteres.

„Kann ich dein Höschen behalten?", fragt sie plötzlich und hebt es vom Boden auf.

Ich ziehe die Augenbrauen hoch und öffne die Augen mit einem leeren Gesichtsausdruck, was Siena zu einem kleinen Lachen veranlasst.

„Ich bin ein kleiner Unterwäsche-Fetischist", flüstert sie, "außerdem erinnern sie mich so an dich, wenn du nicht mehr da bist", fügt sie hinzu und hält sie sich an die Nase.

„Ich weiß nicht, ob ich mir Sorgen machen sollte", scherze ich und schüttle den Kopf.

Siena reagiert nicht, und nachdem sie mein Höschen auf ihr Handtuch geworfen hat, zwinkert sie mir zu und macht auf dem Absatz kehrt, um Richtung Meer zu gehen. Sie läuft mit einer natürlichen Eleganz, die meine Aufmerksamkeit erregt, und ehe ich mich versehe, ist sie schon im Wasser und winkt mir zu.

„Komm schon!", ruft sie und besteht darauf, dass ich so schnell wie möglich zu ihr komme.

Und sie wird es sehr gut finden. Mir war schon immer etwas kühl, aber es ist später Nachmittag und das Wasser ist mir zu kalt. Die letzten Sonnenstrahlen scheinen auf das Meer und verleihen Sienas Haut eine schöne goldene Farbe.

Der Anblick, wie sie auf mich zukommt, mit dem Wasser direkt unter ihren Brüsten, mit den von der Kälte verhärteten Brustwarzen, ist mehr, als ich ertragen kann. Siena bleibt vor mir stehen, ohne mich zu berühren, ihre Augen sind auf mein Gesicht gerichtet, als wolle sie mich studieren, und ich spüre, wie ich bis zu den Ohrenspitzen rot werde.

„Ich liebe es, wenn du rot wirst", flüstert sie, legt ihre Hände auf meine Taille und zieht mich an ihren Körper.

Und wenn ich schon nervös war, dann reicht das Gefühl ihrer harten Brustwarzen, die meine Brüste streicheln, bevor wir in einem köstlichen Kuss verschmelzen, um meine Knie zittern zu lassen. Ich schließe meine Augen und lasse ihre Zunge mit erhabener Sinnlichkeit über meine Lippen gleiten, salzige Küsse bei Sonnenuntergang, an die ich mich für immer erinnern werde.

„Bist du immer noch nervös?", fragt sie, indem sie sich leicht von meinem Körper löst. "Wirklich, niemand kann uns sehen."

„Ein bisschen", gebe ich zu und senke meinen Blick.

Wir stehen ein paar Sekunden lang schweigend da, meine Augen starren auf das Wiegen der Wellen, die gegen unsere nackten Körper schlugen, ohne dass ich es wage, ihr in die Augen zu sehen.

„Was ist los mit dir?"

„Ich weiß nicht, ich habe dir bereits gesagt, dass ich gerne wissen würde, wohin uns das alles führt, wir sind seit etwas mehr als zwei Monaten in dieser Situation", erkläre ich und öffne meine Hände.

„Verdammt, was hast du nur für eine Manie, immer alles zu planen! Kannst du nicht einfach den Moment genießen, ohne an die Zukunft zu denken? Ich weiß nicht, wohin uns das führt. Im Moment würde ich dich gerne ficken, aber um ehrlich zu sein, will ich im Moment keine Beziehung haben. Mein Leben ist schon kompliziert genug", fügt sie mit einem Schnauben hinzu, während sie wegschaut und mir das Herz bricht.

Ich bin für einige Augenblicke wie versteinert und weiß nicht, wie ich reagieren soll. Vielleicht hat sie recht, vielleicht ist es das Richtige, den Moment zu genießen, einen guten Fick zu haben, wie sie sagt, und dann morgen wieder ins Krankenhaus zu gehen, als wäre nichts geschehen.

Für Siena mag das die natürlichste Sache der Welt sein, aber ich bin so etwas nicht gewohnt. Ich bin wahrscheinlich zu traditionell erzogen worden, und mit sechsunddreißig hätte ich gern eine stabile Beziehung. Verdammt, sogar Arya hat eine.

Manchmal dachte ich, dass Siena die Person sein könnte, die mein Leben vervollständigen würde. Die Wahrheit ist, dass ich mich mit ihr viel wohler fühle als mit jedem anderen Freund, den ich bisher hatte, aber es ist klar, dass sie das nicht so sieht.

„OK", seufze ich, bevor ich mich umdrehe und gehen will.

„Sofia!", murmelt sie und zerrt an meiner Hand, als ich fast am Ufer bin. „Es tut mir leid."

„Ist schon gut. Wenigstens warst du ehrlich zu mir", erkenne ich an und blicke in die Ferne.

„Verdammt, nicht weinen, Sofi, bitte", fleht sie und wischt mir eine Träne von der Wange. „Ich wollte dich nicht verletzen, es tut mir leid, dass ich etwas schroff war, aber mein Leben ist voller Probleme. Ich lebe nicht in einem Märchen, wie die Leute glauben."

Ich nicke nur, befreie mich mit einem kleinen Ruck aus ihrem Griff und lege mich mit dem Gesicht nach unten auf das Handtuch. Ich möchte einfach nur still sein, über nichts nachdenken und dem Rauschen der Wellen am Ufer lauschen.

„Bist du wütend?", fragt sie im Flüsterton und setzt sich neben mich.

„Nein."

„Enttäuscht?", insistiert sie.

„Ich glaube schon, aber das ist schon in Ordnung. Ich weiß es zu schätzen, dass du ehrlich bist, denn ich möchte lieber von Anfang an Bescheid wissen, als mir Hoffnungen zu machen. Vielleicht habe ich mir nach den letzten zwei Monaten und dem heutigen wunderbaren Tag zu große Hoffnungen gemacht", gebe ich zu und starre auf das Handtuch hinunter.

„Heute war ein perfekter Tag, es tut mir leid, dass ich ihn so versaut habe", gesteht Siena und streicht mit ihren Fingerspitzen über meine Schultern.

Ich seufze nur und weiß nicht, was ich sagen soll.

„Als ich sagte, ich wolle keine ernsthafte Beziehung mit dir, meinte ich nur das Jetzt, nicht dass wir in der Zukunft keine haben können", erklärt sie. Es ist noch zu früh, um das zu sagen, aber ich glaube, ich fange an, Gefühle für dich zu haben, und ich komme mit dir sicher gut aus. Das Problem ist, dass ..."

„Es ist was...?"

„Bitte, wenn ich dir das sage, darfst du es niemandem erzählen. Kann ich dir vertrauen?", fragt sie und starrt mich an, sobald ich mich umdrehe.

„Du kannst mir vertrauen. Ich würde dir nie wehtun, Siena", versichere ich ihr.

„Ich war zu lange in einer schrecklichen, sehr toxischen Beziehung. Eine Beziehung, die mich zerstört und mein Selbstwertgefühl in den Boden gestampft hat", gibt sie zu und beißt sich vor Schmerz auf die Unterlippe.

Ich sehe sie seltsam an, nehme eine ihrer Hände und streichle sie mit meinem Daumen, während ich den Schmerz in ihren schönen blauen Augen sehe. Es ist das erste Mal, dass ich sie verletzlich sehe, ich hatte sie mir immer als das sorglose, launische reiche Mädchen vorgestellt. Eine Frau, die aufgrund des Vermögens ihrer Familie ein märchenhaftes Leben voller Privilegien hatte. Das verdammte Krankenhaus, in dem ich arbeite, ist nach ihr benannt.

Jetzt sieht sie jedoch eher wie ein ausgesetzter Welpe aus. Das Bild einer Frau, der alles egal ist, die sich über Gut und Böse erhebt, ist verschwunden. Wir sind zwar an ihrem Privatstrand, aber im Moment ist sie so hilflos, dass ich sie einfach nur umarmen möchte.

„Willst du darüber reden?", flüstere ich ihr ins Ohr, während ich ihren nackten Rücken streichle.

„Es war schrecklich, Sofia, wirklich", gesteht sie zwischen Schluchzern. „Ich konnte ihr nicht entkommen, es begann nach und nach, bis ich nicht mehr wusste, wie ich ohne sie leben sollte. Ich lebte auf einer Achterbahn, hing an dieser Frau, ohne zu merken, was sie mir antat. Es war ein regelrechter psychologischer Missbrauch und manchmal sogar physisch, denn wenn sie wütend wurde, hatte sie eine sehr lockere Hand und ich bekam mehr als einen Schlag. Es ist seltsam, was man alles tun kann, um einer manipulativen Person zu gefallen."

„Und deine Freunde haben nichts unternommen?", frage ich, überrascht über das Geständnis, das ich gerade gehört habe.

„Sie hat mich allmählich isoliert. Ich versuche jetzt, alte Freundschaften wiederzuerlangen, aber sie hat mich bei vielen meiner Freunde schlecht aussehen lassen. Ich schwöre, ich weiß nicht, ob sie einen Plan hatte oder ob es einfach natürlich kam, aber sie ist der manipulativste Mensch, den ich je getroffen habe."

„Was ist mit deiner Familie?"

„Meine Eltern kümmern sich nicht um mich. Das haben sie immer getan. Sie verwechseln Geld mit Liebe. Ich weiß, dass viele Menschen töten würden, um meine Chancen zu haben, aber ich würde alles dafür geben, Eltern zu haben, die mich wirklich lieben."

Nachdem sie diese Worte gesagt hat, beugt sich Siena zu mir, um mich zu küssen. Ein weicher, zarter Kuss, wie die Blütenblätter einer Rose. Ihre Zähne beißen leicht in meine Lippen, was mich vor Vergnügen seufzen lässt.

Bald verwandeln sich diese Seufzer in leises Keuchen, als ich die Wärme ihrer nackten Haut auf meiner spüre, ihre Hände, die an meinen Seiten hinunterfahren, bis sie meine Brüste finden.

„Deine Titten sind salzig", flüstert sie und beißt in eine meiner Brustwarzen.

Ich stöhne, schließe die Augen und werfe den Kopf zurück, um den Moment zu genießen.

Siena macht mich mit jeder Berührung, jeder Liebkosung, jedem Kuss verrückt. Ihre Lippen spielen mit meinen Brustwarzen, wechseln von einer zur anderen, ohne den Blickkontakt zu unterbrechen, und fixieren mich mit diesen schönen blauen Augen, die jetzt voller Verlangen sind.

Zwischen Seufzern beiße ich auf meinen Zeigefinger, als ihr Mund beginnt, meinen Körper hinunter zu meinem Geschlecht zu wandern. Instinktiv öffne ich meine Beine, als ich seine Zunge spüre, unterdrücke mein Stöhnen, zittere vor Lust bei jedem Lecken und sterbe vor Verlangen.

Ich spanne meinen Unterleib an, genieße die kleinen Berührungen ihrer Finger auf meinem Kitzler, als wolle sie ihn erregen, obwohl ich im Moment nur ihre Zunge oder ihre Fingerspitzen darauf haben will.

Ehe ich mich versehe, leckt sie ihn mit schnellen Zungenbewegungen ab, als wäre sie eine durstige Katze vor einer Schüssel mit Wasser, als hinge ihr Leben davon ab. Mein Stöhnen wird lauter, ich schreie auf, als ich spüre, wie zwei ihrer Finger in mich eindringen, ohne dass ihre Zunge meine Klitoris verlässt, ein neuer Schrei, als ihr kleiner Finger in meinen Arsch gleitet und so viele Nervenenden stimuliert, dass mein ganzer Körper vor Lust zittert.

Meine Hände sinken in den Sand und umklammern dann ihre Mähne.

„Scheiße!", quieke ich, als ich einen intensiven Orgasmus ausstoße, der mit der Wucht einer Welle an der Küste zerschellt. „Unglaublich, unglaublich!" ist alles, was ich zwischen Seufzern sagen kann.

Ich lasse mich auf das Handtuch fallen und versuche, Luft zu holen, mein Brustkorb hebt sich bei jedem Luftzug, meine Beine zittern immer noch. Die sanfte Meeresbrise streichelt meinen Körper, während das Rauschen des Ozeans die romantischsten Melodien zu flüstern scheint. Diese Frau wird mich umbringen.

Siena liegt neben mir, streichelt meine Wange mit dem Handrücken und bedeckt mich mit Küssen und Streicheleinheiten. Ich schließe die Augen, drehe meinen Körper auf die rechte Seite, und als sie auf meinem Rücken liegt und ihren nackten Körper an meinen drückt, staune ich wieder einmal, wie eine Frau mit einem so chaotischen Leben so viel Frieden vermitteln kann.

Aber für mich bedeutet im Moment jeder Seufzer ein "Ich liebe dich" und jedes Stöhnen, das meinem Mund beim Sex entweicht, ein Versprechen der Liebe.

Kapitel 17

Sofia

Als wir in meiner Wohnung ankommen, schaltet Siena das Licht im Schlafzimmer an, schiebt mich hinein und schließt die Tür mit ihrem Fuß. Sie legt ihre Hände auf meine Taille und drückt mich gegen die Wand, worauf mein Körper sofort mit einer Beschleunigung meiner Atmung reagiert. Sie schiebt ihr Knie zwischen meine Schenkel, woraufhin ich meine Beine leicht spreize, um ihr entgegenzukommen. Sie drückt ihre Lippen auf meine, ein Kuss, der fast eine Liebkosung ist, aber meine Beine zum Zittern bringt.

„Nimm die Hände über den Kopf", flüstert sie und lässt mir die Haare im Nacken zu Berge stehen.

Dabei hält sie meine Handgelenke mit einer Hand an der Wand fest, während die andere in meinem Nacken hochklettert und sich in meinem Haar verankert. Sie verheddert sich in einer Haarsträhne von mir wie die Klaue eines Raubtiers und bringt ihre dominante Seite zum Vorschein, von der sie weiß, dass sie mich erregt, bis ich zittere. Diese ungezügelte Leidenschaft, die einer der Gründe ist, warum ich immer mehr an ihr hänge.

Und wenn sie erregt ist, lässt sie sich so gehen, dass ich mich wie ein Teenager fühle, dass die Hormone unter meiner Haut brodeln, sich in meinen Adern ausbreiten und meinen Geist in eine Art Nebel tauchen, in dem ich einen Teil meines Willens verliere und ihr die Kontrolle überlasse.

In ihrer Nähe spüre ich diesen sanften Rausch, der meine Hemmungen senkt und alles viel lustiger und aufregender erscheinen lässt.

Sie küsst uns weiter auf die übliche Weise. Auf die ersten Berührungen mit den Lippen folgt ein Tanz, dessen Choreographie allmählich vertraut wirkt. Unsere Lippen streicheln einander sanft, eine subtile Berührung, das Flattern eines Vogels. Manchmal zieht sich Siena ein wenig zurück, um mich zu necken, sie mag es, mein erregtes Gesicht zu beobachten. Dann streift sie mit ihren Zähnen über meine Unterlippe, fährt mit ihrer Zungenspitze über meine Lippen, bevor wir in einem leidenschaftlichen Kuss verschmelzen.

Ich habe nicht viel Erfahrung in der Liebe, aber ich habe die Vorstellung gefestigt, dass es so etwas wie einen guten oder schlechten Küsser nicht gibt. Vielleicht fehlt es manchen Menschen an Erfahrung oder sie machen es auf eine Art und Weise, die dir nicht gefällt, aber letztendlich ist jede Art des Küssens einzigartig. Nicht nur für jede einzelne Person, sondern für jedes Paar. Was bei dem einen gut funktioniert, funktioniert bei dem anderen vielleicht nicht.

In unserem Fall ist die Chemie mit Siena unbestreitbar, sie kann auf keinen Fall ignoriert werden. Diese wilde Schönheit weckt in mir ein ursprüngliches Verlangen, das ich noch nie zuvor gespürt habe.

Sie unterbricht unseren Kuss wieder, und ich stoße einen langen Seufzer aus, als sie meine Handgelenke loslässt und mir mit erhabener Sanftheit eine Haarsträhne hinters Ohr streicht. Es ist dieser Kontrast zwischen Zärtlichkeit und Leidenschaft, der den Wunsch weckt, bei ihr zu bleiben.

Ich atme schnell und verliere mich in ihren schönen blauen Augen, in der Art, wie ihre Locken ihr Gesicht umrahmen, in den Sommersprossen, die ihre Nase bedecken, in ihrem katzenhaften Blick. Dieser Blick, wenn sie erregt ist, bringt meine Seele zum Schmelzen und macht mein Geschlecht feucht.

„Sofi", flüstert sie meinen Namen in einem kehligen Ton, mit der sinnlichsten Stimme, die ich je von einer

Frau gehört habe. Es ist so, als ob ich schon beim Hören meines eigenen Namens erschaudern würde, und das ist die einzige Information, die ich brauche, um zu wissen, wie erregt sie ist. „Bist du sicher, dass du es versuchen willst?", fragt sie.

Ich schlucke und nicke zaghaft, wobei mein Herz so stark in der Brust klopft, dass ich befürchte, einen Herzinfarkt zu bekommen.

„Ich fühle mich bei dir sicher", murmle ich zitternd.

Als sie mich fragte, ob ich es ausprobieren wolle, verbrachte ich die ganze Woche damit, in meiner Freizeit über die BDSM-Kultur zu lesen. Die Worte Sicherheit und Respekt scheinen ein ständiges Thema zu sein, wohin man auch schaut. Auf jeden Fall, ich lüge nicht, fühle ich mich bei ihr absolut sicher. Ich weiß, dass sie mich nie verletzen wird, weder körperlich noch geistig. Hinter der Fassade eines verwöhnten und egoistischen Mädchens verbirgt sich einer der besten Menschen, die ich je getroffen habe.

Sie lächelt über mein Geständnis und streicht mir mit dem Handrücken über die Wange, als ob sie mich belohnen würde.

„Setz dich aufs Bett", befiehlt sie.

Mein Herz setzt einen Schlag aus, als ich ihr zuhöre. Siena ist ein Kontrollfreak. Manchmal frage ich mich, ob es an ihrer Erziehung liegt, ob es ein Spiegelbild des Verhaltens ihres Vaters ist oder ob sie einfach so ist, wie sie ist. Sie ist diejenige, die beim Sex die Oberhand hat. Natürlich ist mir das egal, sonst würde ich nicht auf dieser Matratze sitzen und spüren, wie die Hitze zwischen meinen Schenkeln von Minute zu Minute wächst.

„Wenn du dir sicher bist, schließe deine Augen", flüstert sie, während sie meine Augen mit einem weichen schwarzen Tuch bedeckt.

Es ist dick genug, um das meiste Licht im Schlafzimmer zu verdunkeln, so dass ich ihre Figur sicher nicht sehen kann. Trotzdem sehe ich den Moment, in dem sie das Hauptlicht im Zimmer ausschaltet und die LEDs einschaltet, die das Bett in ein rosafarbenes Licht tauchen.

„Was wird dein Safeword sein?", fragt sie neben meinem Ohr.

Ich bin für einige Augenblicke sprachlos. Ich bin so erregt, dass mir im Moment kein Safeword einfällt. Ich habe diese Woche etwas darüber gelesen. Es muss ein Wort sein, das man beim Sex nicht regelmäßig benutzen würde, falls man sich irgendwann nicht mehr sicher fühlen würde."

„Ich vertraue dir, Siena", gebe ich zu.

„Es geht nicht um Vertrauen, das nehme ich an, sonst würden wir das nicht tun. Es ist wichtig, immer ein Sicherheitswort zu haben, nicht nur, weil jeder andere Vorlieben hat, sondern weil die Stimulation zu intensiv werden könnte", erklärt sie und lässt mich bei diesem letzten Satz erschaudern.

„Clown", antworte ich und stoße einen langen Seufzer aus.

Ich kann ihre Reaktion nicht sehen, aber seit ich das Wort gesagt habe, sind etwa zwei Sekunden Stille vergangen, und ich werde immer nervöser. Möglicherweise versucht sie, ihr Lachen über meine Wortwahl zu unterdrücken. Zu meiner Verteidigung: Ich glaube nicht, dass ich das Wort "Clown" benutzen würde, während ich mit ihr schlafe, das würde die Romantik zerstören, also erfüllt es wohl seinen Zweck als Sicherheitswort.

Schließlich bemerke ich Sienas Bewegung auf der Matratze, sie legt ihre Hände auf meine Schultern und drückt sie, als wolle sie mich ermutigen.

„Ich denke, es ist eine gute Wahl", sagt sie und küsst mich auf die Wange.

Und da spüre ich, wie sie sich zu mir lehnt, näher und näher an mein Ohr, bis ich ihren Atem an meinem Ohrläppchen spüre. Ihre Stimme ist ein sinnliches Flüstern, kaum hörbar, sie spricht so nah zu mir, dass die Worte in meine Ohren zu dringen scheinen.

„Gutes Mädchen", murmelt sie.

Ihre Worte lassen mir die Nackenhaare zu Berge stehen, als ich spüre, wie eine ihrer Hände über meine Wirbelsäule gleitet und sich in meinem Haar verheddert. Sie zieht mich an den Haaren auf die rechte Seite und zwingt mich, meinen Kopf zu neigen, um die linke Seite meines Halses freizulegen. Ihre Nasenspitze streift meine Haut mit erhabener Sanftheit, und ich fühle mich plötzlich an die erotischen Vampirromane erinnert, die ich im College so gerne gelesen habe.

Siena versenkt ihre Reißzähne nicht in meiner Halsvene, aber sie streift mit ihren Zähnen über die weiche Haut dort und fährt mit ihrer Zungenspitze meinen Hals entlang. Dann entfernt sie sich vom Bett in einen Bereich, in dem ich ihre Anwesenheit nicht mehr spüren kann.

„Ist ein wenig Schmerz in Ordnung?", fragt sie und lässt mich erschaudern.

„Ich denke schon. Ich bin mir nicht sicher", gebe ich zögernd zu.

„Es liegt an dir, es gibt auch andere Dinge, die wir tun können."

Ich stoße einen langen Seufzer aus und spüre, wie jeder Millimeter meiner Haut vor Lust und Vorfreude zittert. Es ist schön zu wissen, dass sie sich für mich interessiert, obwohl ich diejenige bin, die um eine Kostprobe gebeten hat. Doch dieses "braves Mädchen", das sie mir vor wenigen Augenblicken ins Ohr flüsterte, bevor sie streichelte, hat mich so sehr erregt, dass ich bereit bin, alles zu tun, was sie verlangt.

„Ich glaube, ich kann ein bisschen Schmerz ertragen", gebe ich nervös zu. „Es wird doch nicht sehr weh tun, oder?"

„Ich werde versuchen, keine bleibenden Spuren zu hinterlassen", flüstert sie.

„Scheiße, Siena!"

„Es ist ein Scherz, Dummerchen. Deshalb hast du dein Sicherheitswort. Es wird sehr reibungslos ablaufen, aber wenn dir etwas nicht gefällt oder du es beenden möchtest, sagst du es einfach", betont sie. „Steh jetzt auf."

Ich gehorche sofort und stehe neben dem Bett auf. Ich spüre, wie Siena kurz mit dem Saum meines Nachthemdes spielt, bevor sie mir die Träger über die Schultern schiebt, so dass es zu Boden fällt und ich in meinem Höschen vor ihr stehe.

Ich spüre die Klimaanlage an meinen Brustwarzen, ich schätze, sie hat mich strategisch so platziert, dass das passieren kann. Sie fühlen sich so hart an, dass es fast schmerzhaft ist. Ich brenne vor Verlangen, dass Siena sie streichelt, küsst oder leckt, wie nur sie es kann.

Stattdessen legt sie ihre Hände auf meine Taille und dreht mich sanft, dann legt sie eine Handfläche auf meinen Rücken und drückt mich mit einer langsamen, sanften, aber festen Bewegung nach vorne. Instinktiv versuche ich, mich einen Moment lang zu wehren, aber Siena drückt fester zu, bis ich auf der Matratze liege und ihre Hand meinen Rücken verlässt, um sanft meinen Po zu streicheln.

„Leg deine Unterarme auf das Bett", befiehlt sie.

„OK", gehorche ich. Ich möchte nicht, dass sich die Nervosität zu sehr in meiner Stimme widerspiegelt, aber ich glaube, sie ist immer noch da, ganz deutlich.

„Von nun an möchte ich, dass du mich mit ‚Herrin' ansprichst, verstanden?", flüstert sie.

Ich nicke nur, denn meine Beine fangen an zu zittern, als ich spüre, wie Sienas Finger durch den Gummizug meines Höschens gleiten und es herunterziehen, so dass ich völlig nackt bin. Es ist ein seltsames Gefühl. Ich war schon oft nackt mit ihr, aber mit verbundenen Augen ist es etwas anderes. Ich weiß, dass sie meinen Körper beobachtet, ich spüre, wie ihre Fingerspitzen über meine Pobacken fahren, bis sie mein Geschlecht erreichen, wo sie kurz innehält, als wolle sie meinen Erregungsgrad prüfen.

„Leg dich auf alle Viere auf das Bett", befiehlt sie und lässt einen ihrer Finger über meine Wirbelsäule gleiten.

Kaum habe ich das getan, bekomme ich einen Klaps auf die rechte Pobacke, der mich von den Füßen haut. Meine Haut brennt an der Stelle, an der ihre Hand meinen Po berührt hat, und die Mischung aus Hitze und leichtem Schmerz, die davon ausgeht, ist seltsam erheiternd, ein Cocktail von Gefühlen, wie ich ihn noch nie erlebt habe.

„Braves Mädchen", murmelt sie, während sie meine rechte Pobacke mit einer Sanftheit streichelt, die mich erschaudern lässt.

Und in diesem Moment scheinen dieses "braves Mädchen" und ihre sanften Liebkosungen an meinem Hintern die sexieste Sache des Universums zu sein. Es ist, als ob ich versuchen würde, Sienas Anerkennung zu gewinnen. Ich denke mir, dass das Blödsinn ist, aber aus irgendeinem Grund, den ich nicht ganz begreifen kann, fühle ich mich wie ein Kind, das um ihre Gunst buhlt.

Ein weiterer Klaps, diesmal auf meine linke Pobacke, bringt mich aus meinen Gedanken und in die Realität zurück. Er ist stärker als der letzte, aber ich erlebe die gleiche Welle von Lust und Schmerz, die mich verunsichert und die Erregung unerträglich werden lässt.

Es folgt wieder ein sanftes Streicheln, das mit dem Schmerzempfinden kontrastiert, bevor eine weitere Züchtigung und ein weiteres Streicheln folgen. Ich spüre, wie sie mit jedem Schlag ihre Kraft misst und allmählich an Intensität gewinnt. Ich spüre das Kribbeln in meinen Pobacken, eine Wärme, die von der versohlten Stelle ausgeht, eine unerträgliche Erregung.

Noch ein Schlag, aber diesmal streichelt sie nicht nur meine wunde Stelle, sondern lässt ihre Finger zwischen meine Pobacken gleiten, bis sie den Eingang zu meiner Vagina erreichen und mich vor Lust erzittern lassen.

„Clown!", schreie ich, kann nicht länger warten, spreize meine Beine und bettle darum, dass ihre Finger in mich eindringen.

Instinktiv mache ich mich darauf gefasst, dass sie in mich eindringt, aber stattdessen beugt sie sich vor und löst den Knoten meiner Augenbinde, so dass ich zwar sehen kann, aber keine Lust mehr habe. Ich atme so schnell, als wäre ich gerade einen Marathon gelaufen, und mein Herz klopft so heftig in meiner Brust, dass ich sicher bin, dass Siena es von ihrer Position aus hören kann.

„Leg dich neben mich", schlägt sie vor und klopft sanft mit der Handfläche auf die Matratze.

Sie lächelt, als ich neben ihr stehe, und sie beugt sich hinunter, um meine Lippen sanft zu küssen.

„Hat es dir gefallen?"

„Siena, du kannst das nicht einfach unterbrechen, ich bitte dich", gebe ich zu und fühle eine Aufregung, an die ich mich nicht erinnern kann.

„Jetzt sollte es um die Nachsorge gehen, um die Zeiten, in denen ich dich nach der Sitzung verwöhne", erklärt sie.

„Das Einzige, was ich im Moment brauche, ist, dass du mich fickst", gestehe ich, schließe meine Beine und spüre, wie mein Geschlecht schmerzhaft feucht wird.

Siena lächelt und nickt, wobei sie sich auf die Unterlippe beißt – ihre typische Geste, die mich verrückt macht. Sie küsst mich erneut, während ihre Fingerspitzen die Linie meines Schlüsselbeins nachzeichnen und zwischen meinen Brüsten nach unten wandern. Eine Bewegung, von der ich genau weiß, wo sie enden wird, während ich meine Augen schließe und meine Beine leicht spreize in Erwartung ihrer Finger in mir.

Als ich spüre, wie sie in mich hineingleiten, notiere ich mir, dass ich sie bitten werde, diese Erfahrung noch einige Male zu wiederholen, aber das wird später sein. Jetzt verhindert mein Stöhnen jeden rationalen Gedanken, während ich mit meinen Fingern, die in ihrem Haar verwurzelt sind, an ihrer Mähne ziehe und diese Wellen der Lust spüre, die nur sie mir zu geben vermag.

Kapitel 18

Siena

Ich weine die ganze Nacht und kann kein Auge zu tun. Neben mir ruht Sofia friedlich nach einer wunderbaren Sexsession. Ihr dunkles Haar breitet sich auf dem weißen Kopfkissen aus und bildet einen schönen Kontrast zum ersten Licht der Morgendämmerung. Ihre Haut ist leicht gebräunt und hebt die Abdrücke ihres Bikinis hervor, und zum ersten Mal bemerke ich winzige, kaum wahrnehmbare Fältchen in ihren Augenwinkeln. Bevor sie einschlief, sagte sie mir, dass wir diese Erfahrung noch öfter wiederholen müssten. Wenn sie nur wüsste, dass dies das letzte Mal sein würde, dass wir uns sehen...

Ich denke, es ist besser so, sie hat eine glänzende Zukunft als Onkologin, und ich würde ihr nur zur Last fallen. Ich verstehe nicht einmal mich selbst, ich will Sofia nicht in meine emotionalen Höhen und Tiefen hineinziehen, bis ich mir darüber im Klaren bin, was ich will. Im Moment gibt es zu viele Fragezeichen. Zu viele Unbekannte. Ich weiß nicht einmal, was sie in mir sehen könnte, ich würde nie mit jemandem wie mir ausgehen.

Claudia, meine Ex, wird sehr aggressiv, die Nachrichten sind zu direkten Drohungen geworden und die letzte macht mir große Sorgen. "*Wenn du nicht zu mir gehörst, gehörst du zu niemandem*", lautet ihr letzter Text neben einem neuen Foto, auf dem ich neben Sofia zu sehen bin, diesmal sind wir beide mit einem großen roten Kreuz durchgestrichen.

Marlo besteht darauf, dass ich sie bei der Polizei anzeige, und ich denke, das werde ich auch tun, denn ich bekomme langsam Angst. Ein weiterer Grund, sich von Sofi fernzuhalten, ich will nicht, dass sie sich meinetwegen in Gefahr begibt. Morgen werde ich das Nötigste aus meiner Wohnung abholen und für eine Weile zu Marlo ziehen. Ich werde auch meine Mobiltelefonnummer ändern. Los Angeles ist eine große Stadt, und ich hoffe, dass das ausreicht, um meine Ex davon abzuhalten, mich aufzuspüren, zumindest solange, bis die Polizei etwas dagegen unternimmt. Das bedeutet, dass Sofia mich auch nicht erreichen kann, aber ich denke, das ist das Beste.

Ich wünschte, ich hätte sie vor Jahren kennen gelernt, bevor ich eine gebrochene Frau wurde. Ich bin sicher, wir wären zusammen glücklich gewesen. Vielleicht bin ich in einer Weile bereit für sie, natürlich wird Sofi mich dann nicht mehr sehen wollen, nach dem, was ich mit ihr machen werde.

Ich wische mir zum x-ten Mal die Tränen von den Wangen und zögere, einen Abschiedsbrief zu schreiben und ihn irgendwo zu hinterlassen, wo ich sie sehen kann, obwohl ich glaube, dass sie das noch mehr verletzen würde.

Ich beobachte sie ein letztes Mal beim Schlafen und lausche mit Schaudern ihrem ruhigen Atem, ohne zu wissen, was passieren wird, ohne zu wissen, dass ich aus ihrem Leben verschwunden sein werde, wenn sie aufwacht.

„Ich werde dich immer in meinem Herzen tragen", flüstere ich, bevor ich sie auf die Wange küsse und mich leise anziehe.

Ich breche innerlich zusammen, als ich die Tür zu ihrer Wohnung schließe, aber es gibt jetzt kein Zurück mehr. Ich weiß, dass es weh tun wird, vielleicht so sehr, wie es mir im Moment weh tut. Ich wünsche ihr nur das Beste, und ich hoffe, dass sie eines Tages eine Frau findet, die zu ihr passt, und nicht jemanden wie mich. Gebrochen, auf der Suche nach einem Ausweg zwischen den ständigen Angstattacken. Ich versuche, inmitten des Chaos einen Lichtblick zu finden.

Kapitel 19

Sofia

Das Licht, das durch die Vorhänge fällt, beleuchtet mein Gesicht. Ich schließe die Augen, wende mein Gesicht ab und spüre die Wärme der Sonne auf meiner Haut, ohne aufstehen zu wollen.

Draußen höre ich den ständigen Verkehr, ich hätte auf Arya hören und eine Wohnung in einer ruhigeren Gegend wählen sollen. Das tieffrequente Brummen der Klimaanlage, die das Schlafzimmer in der Hitze von Los Angeles kühl hält, das entfernte Bellen eines Hundes.

Faul sitze ich auf dem Bett und strecke meine Arme aus, die ich knacken lasse. Ich lehne meinen Kopf zurück, bewege meinen Oberkörper von einer Seite zur anderen und rieche Sienas Duft, der immer noch im Raum ist.

Siena, allein der Gedanke an ihren Namen zaubert mir ein Lächeln auf die Lippen. Es ist seltsam, dass sie so früh aufsteht. Obwohl sie es vor mir zu verbergen versucht, weiß ich, dass sie Schlaftabletten nimmt und morgens nur schwer aufstehen kann.

Ich seufze, als ich mich an die letzte Nacht erinnere, an das Gefühl ihrer warmen Haut auf meiner, an die sanften Berührungen ihrer Hände, an ihre perfekten Brüste, an den Geruch ihres Geschlechts. Jeden Tag fühle ich mich ihr näher. Sie schafft es, mich mit jedem Wort, mit jedem Lächeln glücklich zu machen. Sie schafft es, mich mit jedem ihrer Küsse verrückt zu machen.

Nach einem langen Gähnen stehe ich aus dem Bett, immer noch nackt, und rufe ihren Namen. Ich bekomme keine Antwort. Ich versuche es erneut und höre nur Stille.

Plötzlich bildet sich ein Knoten in meinem Magen. In den letzten Tagen war Siena Teil jedes meiner Gedanken, jedes meiner Träume. Jede Erinnerung. Ihre Stimme nicht zu hören, erfüllt mich mit Angst. Mein rationaler Verstand sagt mir, dass sie wahrscheinlich zum Frühstück gegangen ist. Es wäre typisch für sie, mit frischen Croissants zu kommen, um mich zu überraschen, und ich lächle bei dem Gedanken.

Ich streiche mit den Fingern über den Bildschirm meines Handys, um ihr eine Nachricht zu schicken, und warte. Wieder nichts. Die Qualen kehren zurück. Ich kann mir nicht helfen und wähle ihre Nummer. "Es ist ausgeschaltet oder außer Reichweite", antwortet der Anrufbeantwortet. Scheiße.

In mir entsteht plötzlich eine große Leere. Eine Leere, die mich ganz zu verschlingen droht. Vor wenigen Augenblicken habe ich von ihr geträumt. Wir waren an einem Strand, nackt in der Sonne. Ihre Stimme flüsterte meinen Namen, und jetzt ist sie weg.

Ich ziehe mich eilig an und verlasse die Wohnung auf dem Weg ins Krankenhaus. Ich halte nicht einmal an, um zu duschen. Mein Herz sucht vergeblich nach einer Antwort an einem Ort, von dem ich weiß, dass es sie nicht geben wird. Ich zittere.

Auf dem Weg dorthin rufe ich wieder an. Wieder und wieder die gleiche Antwort. "Ausgeschaltet oder außer Reichweite". Verdammt, ich verstehe nicht, was los ist. Was ist, wenn ihr etwas zugestoßen ist? Eine unerträgliche Angst macht sich in mir breit, und ohne zu wissen warum, mache ich mich auf den Weg zu Aryas Büro.

„Hast du Siena gesehen?", frage ich und trete ein, ohne anzuklopfen.

„Keine Begrüßung heute?"

„Arya, hast du Siena gesehen?"

„Nein."

Ihre Antwort lähmt mich. Ich verstehe gar nichts. Ich bin nicht in der Lage zu verstehen, was hier geschieht. Gestern ging es uns wunderbar, ich schlief um ihre Taille gewickelt ein und spürte die Wärme ihres nackten Körpers. Und heute... heute ist sie verschwunden, als wäre es nur ein Traum gewesen.

„Es tut mir leid, dass ich derjenige bin, die es dir sagen muss."

Arya unterbricht meine Gedanken mit einem langen Seufzer und mein Herz bleibt stehen. Ich muss nicht einmal fragen, die Angst in meinen Augen spricht besser für mich als tausend Worte.

„Siena war vielleicht nicht ganz ehrlich zu dir", sagt sie und senkt plötzlich ihre Stimme.

Und das Erste, was mir in den Sinn kommt, ist, dass es sich bei Arya, die so dumm ist, Dinge zu sagen, um etwas sehr Ernstes handeln muss, bei dem man vorsichtig sein muss.

„Bitte sag mir nicht, dass sie mit einer anderen Frau zusammen ist", flüstere ich ängstlich.

„Nein, verdammt, du bist so eine Idiotin!" Arya lächelt und hält sich eine Hand an die Stirn. "Nun, ich kann auch nicht behaupten, dass ich es nicht bin", fügt sie achselzuckend hinzu.

„Arya, verdammt noch mal!", protestiere ich.

„Es stellt sich heraus, dass die kleine Prinzessin keine Heilige ist. Sie wurde nicht ins Krankenhaus gebracht, um dir zu helfen, sondern weil sie eine gemeinnützige Strafe wegen Drogenbesitzes verbüßt", sagt meine Freundin.

„Was? Wie zum Teufel hast du das herausgefunden?"

„Ich kenne ihren Dealer, wir waren Klassenkameraden in der High School", erklärt sie sachlich.

Ich bin fassungslos, als ich ihre Worte höre. Ich schnappe nach Luft, als ob jemand eine Platte auf meine Brust gelegt hätte. Ich beiße mir auf die Unterlippe, bis ich den Schmerz spüre, die Gedanken, die in meinem Kopf herumschwirren, unzusammenhängende Ideen, die weder helfen noch einen Sinn ergeben.

War alles eine Lüge? Was war ich für Siena, ein Spielzeug? Verdammt, hat sie die ganze Zeit mit mir gespielt, ohne etwas für mich zu empfinden? Mir drängt sich der Gedanke auf, dass ich für sie nur eine Herausforderung war. Musste sie mit dem Heterodoktor nur zum Spaß schlafen, als verdammtes Hobby?

„Verdammte Schlampe!", murmle ich und schlage mit der Hand auf den Tisch, was nur dazu führt, dass mir die Hand wehtut.

„Hey, ich habe während meines Medizinstudiums eine Menge Gras geraucht, und das macht mich nicht zu einem Verbrecher", beschwert sich Arya, "obwohl sie anscheinend kein Gras, sondern etwas viel Stärkeres bekommt", fügt sie hinzu.

Ich achte nicht einmal auf ihre Worte. Nichts, was sie sagt, ergibt einen Sinn. Ich bin völlig ratlos. Verwirrt.

„Ich gehe zu ihrer Wohnung", verkünde ich und erhebe mich entschlossen von meinem Stuhl.

„Warte. Ich komme mit dir mit."

„Du hast zu arbeiten", protestiere ich und zeige mit dem Finger auf sie, "was ich zu tun habe, kann ich auch alleine tun."

„Ich würde lieber mit dir gehen, ich will nicht, dass du gefeuert wirst, wenn du ihr eine Ohrfeige gibst."

„Wenn du mit mir kommst, ist die Chance größer, dass wir beide gefeuert werden."

„Ich schwöre, dass ich ihr nichts tue", versichert mir Arya, die einige braune Ordner in einen Aktenschrank legt und den Helm ihres Motorrads aufhebt. „Scheiße. Ich mochte das Mädchen wirklich sehr für dich", fügt sie kopfschüttelnd hinzu.

Ehe ich mich versehe, sitze ich hinter Arya auf diesem hässlichen schwarzen Motorrad, das mich zu Tode erschreckt. Ich halte mich an ihrer Taille fest, so gut ich kann, um das Gleichgewicht zu halten, während sie mit halsbrecherischer Geschwindigkeit den Autos ausweicht. Ich bete, dass sie keinen Unfall baut. Ich bete darum, nicht von der Polizei angehalten zu werden. Ich bete darum, Siena in ihrer Wohnung zu finden.

Arya

Ich fahre weit über dem Tempolimit und umfahre die Autos in Richtung der Wohnung von Siena Collins. Ich habe Sofia versprochen, ihr nichts anzutun, aber ich schwöre, dass ich ihr den Kopf abreißen werde, sobald ich sie sehe.

Verwöhntes Miststück. Ich werde ihr nie verzeihen, dass sie so mit meiner Freundin spielt. Sofi ist der beste Mensch, den ich kenne, sie ist eines dieser seltenen Lichtwesen, die unter uns sind, um die Welt zu verbessern. Sie hat es nicht verdient, dass man ihr wehtut.

Sie nicht. Jetzt hat sie eine gute Ausrede, denn ich werde ihr ins Gesicht schlagen und ihr die perfekten Zähne ausschlagen.

Und es kommt selten vor, dass ich mich so sehr in einer Person täusche. Seit ich klein war, habe ich eine Art sechsten Sinn dafür, wem ich vertrauen kann und wem nicht. Das kommt wohl daher, dass ich in einer der gefährlichsten Gegenden von Los Angeles aufgewachsen bin. Das ist es, was dich am Leben erhält. Ich hätte schwören können, dass Siena ein guter Mensch ist, ich war überzeugt, dass Sofia endlich ihren perfekten Partner gefunden hatte. Okay, die Erbin hatte ihr Gepäck, aber das hatte ich nicht erwartet.

Kapitel 20

Siena

Ich schalte mein Handy ein und kann nicht verhindern, dass mir die Tränen kommen, als ich Sofias Nachrichten lese. Die ersten sind voller Zärtlichkeit, die Art von Nachrichten, die einem ein Lächeln ins Gesicht zaubern, selbst wenn man niedergeschlagen ist. Sie sagt mir, dass sie mich liebt und fragt mich, wo ich bin. Die letzten Sätze sind trockener und lassen fast die Verzweiflung in ihrem Tonfall erkennen. Außerdem gibt es mehrere unbeantwortete Anrufe.

Ich hole tief Luft und lasse sie langsam wieder aus, als ob mich das beruhigen könnte. Nichts kann das in diesem Moment. Was zum Teufel mache ich da? Sofia gehört zu den Menschen, die fast unmöglich zu finden sind. Ein guter Mensch, mit all der Bedeutung, die dieses Wort hat. Ein reines Wesen in einer beschissenen Welt. Sie hat es nicht verdient, mich gefunden zu haben, sie war ohne mich besser dran, und ich hätte ihr nie so nahe kommen dürfen. Nicht in dem Zustand, in dem ich mich befinde. Ich kann sie nur verletzen.

Aber ich fühlte mich so sehr davon angezogen, dass es unmöglich war, es nicht zu tun. Ich kann nicht sagen, was ich an ihr am meisten schätze, was ich am meisten vermissen werde. Vielleicht dieses aufrichtige Lächeln, dieses Einfühlungsvermögen, das einen dazu bringt, sich zu öffnen, wenn man an ihrer Seite ist. Vielleicht ist es ihre Art, für jede Situation die richtigen Worte zu finden. Die Küsse auf ihre Nasenspitze, wenn sie mit einem kuscheln will, ihre Liebkosungen, das leise Stöhnen, wenn wir uns lieben.

Scheiße, ich werde sie viel mehr vermissen, als ich dachte. Es wird zu schwer sein, und ich weiß, dass es auch für Sofi zu schwer sein wird, aber es ist notwendig, dies zu tun. Ich muss Abstand halten, damit ich sie am Ende nicht noch mehr verletze. Alles, was ich anfasse, geht den Bach runter, ich bin innerlich so kaputt, dass ich am Ende auch die Menschen kaputt mache, die ich liebe.

Ich werde noch lange an sie denken, vielleicht kann ich sie nie vergessen. Ich denke, ich werde mich immer fragen, was wir gemeinsam hätten erreichen können, sie wird immer einen besonderen Platz in meinem Herzen haben.

Das trockene Geräusch der sich öffnenden Tür unterbricht meine Gedanken und holt mich in die

Realität zurück. Für ein paar Augenblicke bleibt mein Herz stehen. Mein Verstand betrügt mich, denn ich stelle mir vor, dass es Sofia sein könnte, die mich sucht, aber ich merke bald, dass ich ihr nie den Schlüssel zu meiner Wohnung gegeben habe, und mir läuft das Blut in den Adern zusammen, als ich erkenne, wer hereingekommen ist.

„Du kannst nicht hier sein", rufe ich aus, als ich meine Ex vor mir stehen sehe.

„Ich brauche dich", murmelt sie mit diesem verlassenen Welpengesicht, das sie macht, wenn sie etwas haben will.

Ich hasse diese mitleidigen Augen. Noch vor ein paar Monaten konnte dieser Blick alles mit mir machen. Ich kann kaum glauben, was für Dummheiten ich wegen dieses Blickes gemacht habe, aber das ist jetzt vorbei. Es ist endgültig vorbei.

„Raus hier", befehle ich und erhebe meine Stimme.

„Siena, ich weiß, ich habe eine Dummheit begangen. Ich war böse zu dir, aber ich schwöre, es wird nicht wieder vorkommen. Diesmal ist es anders. Diesmal musst du mir wirklich glauben, ich habe mich geändert", versichert sie mir und faltet ihre Hände, als würde sie um Vergebung bitten.

"Ich habe mich verändert." "Diesmal ist es anders". Ich habe diese beiden Sätze so oft aus ihrem Mund gehört, dass ich mich übergeben muss. Das Schlimmste ist, dass ich ihnen öfter geglaubt habe, als ich mich erinnern kann, und es ist immer schlimmer geworden. Jede neue Gelegenheit, die ich ihr gegeben habe, hat ihren Einfluss auf mich verstärkt, sie noch manipulativer gemacht und mein Selbstwertgefühl gesenkt, bis ich nur noch eine Marionette in ihren Händen war.

Warum übt sie auch jetzt noch solche Macht über mich aus? Ich weiß, dass sie kleinlich und manipulativ ist. Eine zwanghafte Lügnerin. Dennoch hat sie immer noch Macht über mich, und ich könnte weinen, wenn ich mir das eingestehe.

Am Anfang war es schön, ich dachte, ich hätte die Frau meines Lebens gefunden. Sie verstand mich, ermutigte mich, mich gegen meine Familie aufzulehnen und meine rebellische Seite zum Vorschein zu bringen. Am Ende habe ich mich so sehr verändert, damit sie mich mag, dass ich mich kaum noch wiedererkenne. Ich sehe mich an und weiß nicht, wer ich bin.

„Du musst hier verschwinden oder ich rufe die Polizei", drohe ich und stelle mich ein paar Meter von ihr entfernt auf.

Wham!

Ich falle zu Boden und halte mir instinktiv die Hand vor den Mund. Es ist nicht so sehr der körperliche Schmerz, sondern der emotionale Schmerz. Das Gefühl der Verletzlichkeit, der Angst, des Wissens, dass ich ihr wieder ausgeliefert bin. Ein kleines Rinnsal von Blut tropft aus meiner Nase und färbt den Boden rot. Die Zerbrechlichkeit, mit der man sein eigenes Blut mit dem Handrücken abwischt, wenn man spürt, wie die Lippen anzuschwellen beginnen. Die Angst, nicht zu wissen, wo die eigenen Grenzen liegen.

„Wenn du nicht zu mir gehörst, gehörst du zu niemandem", droht sie und packt mich an den Haaren, um meinen Kopf anzuheben.

Ich keuche und zittere vor Angst. Sie streicht mit den Fingerspitzen über meine geschwollenen Lippen, bevor sie versucht, mich zu küssen. Ich wende mein Gesicht ab und bekomme einen weiteren Schlag. Ich weine hilflos auf dem Boden, weil ich nicht weiß, wie es weitergehen soll. Unfähig, sich gegen ihn zu behaupten. Ich verstehe nicht, warum ich mich so verhalte.

Ich liege auf dem Boden, bin ihr ausgeliefert, habe Schmerzen und bin gedemütigt, und ich denke an die misshandelten Hunde, die trotz Schlägen und Misshandlungen bei ihren Besitzern bleiben. Es ist seltsam, wie der menschliche Verstand funktioniert, aber ich kann nur weinen und an diese Hunde denken.

„Zieh dich aus", befiehlt sie in einem Tonfall, der mich erschaudern lässt.

„Bitte tu mir das nicht an, Claudia", flehe ich und senke meinen Blick, um ihr nicht in die Augen zu sehen, während ich beginne, meine Bluse aufzuknöpfen.

Kapitel 21

Siena

„Siena, bist du da?", höre ich plötzlich von der Haustür.

Ich bin mir nicht sicher, was ich fühlen soll, als ich ihre Stimme höre. Das Erste, was mir in den Sinn kommt, ist ein Heiligenschein der Hoffnung. Plötzlich bin ich nicht mehr so ängstlich, ich bin bereit, meiner Ex neben ihr gegenüberzutreten, und dann hängt ein Schatten der Sorge über meinem Kopf. Was ist, wenn Sofia meinetwegen etwas passiert? Das würde ich mir nie verzeihen, meine Ex war Amateurboxerin, und sie hat den Verstand verloren. Ich kann sehen, dass sie nicht in der Lage ist, klar zu denken.

Und in dem Moment, in dem Claudia ein Messer aus ihrer Tasche zieht, weiß ich, dass es besser ist, wenn Sofia nicht hineinkommt.

„Geh weg und ruf die Polizei!", rufe ich verzweifelt, aber es ist zu spät.

Sofia steht wie gebannt und starrt auf die danteske Szene vor ihren Augen. Ich liege auf dem Boden, blutend, die Bluse halb aufgeknöpft. Meine Ex steht vor ihr, zu allem bereit und mit einem Messer in der Hand. In diesem Moment möchte ich sterben.

Manchmal denke ich daran, mich auf Claudia zu stürzen, um Sofia die Chance zu geben, zu entkommen und die Polizei zu rufen. Wahrscheinlich werde ich das nicht überleben, weil ich sehe, dass Claudia sich nicht mehr darum schert, aber zumindest Sofia wäre dann gerettet. Wenn sie wählen müsste, würde meine Ex zuerst Sofi angreifen und ihr die Schuld dafür geben, dass ich nicht mehr mit ihr zusammen bin.

Das würde ich gerne tun, aber ich habe Angst und bin unfähig, mich zu bewegen. Ich kann Sofia nur ansehen; ihre Hände zittern sichtlich, ihr Gesicht ist blass geworden, ihr Atem geht schneller. Sie fixiert ihren Blick auf meine Ex, ohne zu verstehen, was vor sich geht, während sie ihre Fäuste fest ballt, bis ihre Knöchel weiß sind.

Ich wünschte, sie würde umkehren und zu ihrer Rettung laufen, aber ich weiß, dass sie dazu nicht in der Lage ist. Ihr Wesen ist es, Menschen zu schützen und zu retten, sie wird mich nicht im Stich lassen, selbst wenn es ihren Tod bedeutet.

„In dieser verdammten Stadt ist nicht einmal Platz, um ein Motorrad zu parken", höre ich hinter ihr.

Arya Kumari bleibt plötzlich stehen, ihr Blick wechselt zwischen uns dreien hin und her, schockiert über die Situation, in der sie sich gerade befindet. Zumindest kann sie hinauslaufen und um Hilfe rufen.

„Scheiße!" Arya schnaubt, öffnet ihre großen Augen und macht kleine Schritte auf Sofia zu.

Meine Ex schaut uns fassungslos an. Die Situation hat sich völlig verändert, aber ihr Blick ist voller Hass und Entschlossenheit. Sie ist unfähig, vernünftig zu denken, und ich bin sicher, dass sie etwas Verrücktes tun wird.

„Sieh dir ihre Augen an. Sie steckt bis zum Hals in *blauem Zeug*", flüstert Arya und packt Sofi am Ellbogen. „Stellt sich wohl heraus, dass das Fentanyl, das Fastfoot deiner Freundin verkauft, nicht für sie ist, sondern für diesen Freak", fügt sie hinzu und zeigt mit ihrem Kinn auf meine Ex.

Mein Blick kreuzt instinktiv den von Sofia. Woher wissen sie, dass Fastfoot mir Fentanyl verkauft? Selbst die Polizei weiß es nicht, ich zog es vor zu lügen und zu sagen, dass ich die Person, die mir die Droge verkauft hat, nicht kenne, um nicht noch mehr Ärger zu

168

bekommen. Wusste Sofia von Anfang an von meinen Problemen mit der Polizei?

Meine Gedanken werden jäh unterbrochen, als Claudia sich auf Sofi stürzt, die nach einem schnellen Stoß von Arya zu Boden fällt und nur mit knapper Not gerettet werden kann. Dann wird alles zu verwirrend, Schreie, Drohungen. Claudia liegt im Halbschlaf auf dem Boden. Sie bedeckt ihr Gesicht mit den Händen, während Arya sie tritt und schwört, dass sie ihr den Kopf abreißen wird. Die zerbrochene Vase meiner Großmutter aus der Ming-Dynastie steht neben ihr, und Sofia versucht, Arya aufzuhalten.

Alles ist verschwommen, als ob ich mich in einer Wolke befände. Mein Atem wird schwer und meine Augen schließen sich, bis ich Sofia neben mir weinen sehe.

Arya

„Scheiße!", rufe ich erstaunt aus, als ich die Wohnung der Erbin betrete und eine Szene vorfinde, die eines Krimis würdig ist.

Ich war bereit, die verwöhnte Göre in ihre Schranken zu weisen. Die Motorradfahrt zu ihrem Haus hat mir den Kopf heiß gemacht, und ich kann es nicht ertragen, wenn jemand Sofia wehtut. Stattdessen finde ich die Prinzessin auf dem Boden liegend, ihr Gesicht durch einen Schlag zerstört, Sofi gelähmt und eine verrückte Frau mit einem Messer und einem starren Blick, die uns bedroht.

Sobald ich ihr in die Augen schaue, stelle ich fest, dass sie komplett high ist. Als der Dealer mir erzählte, dass er Fentanyl an die Erbin verkaufte, wusste ich nicht einmal, dass es nicht für sie war. Ich hatte schon den Eindruck, dass es überhaupt nicht zu ihrem Verhalten passte, dass sie nach dem Zeug süchtig war.

Die verrückte Frau mit dem leeren Blick stürmt mit dem Messer vor der Nase auf Sofia zu, und ich habe nur Zeit, sie kräftig zu stoßen. Wir fallen beide auf den Boden neben einer Kommode, auf der eine hässliche, aber wahrscheinlich sehr teure Vase steht.

Zu unserem Pech kehrt die Verrückte mit dem verlorenen Blick mit dem Messer in der Hand zum Angriff zurück, als Siena vom Boden aufsteht und sie am Arm festhält, so dass ich Zeit gewinne, die schreckliche Vase aufzuheben und sie der Verrückten auf den Kopf zu schlagen, die benommen und blutend zu Boden fällt.

„Hör auf, du bringst sie noch um!", schreit Sofia und versucht, sie daran zu hindern, sie zu treten.

„Willst du, dass ich wieder das verdammte Messer nehme?", protestiere ich, während ich ihr einen weiteren Tritt ins Gesicht verpasse, der sie bewusstlos macht und sie stark aus Nase und Mund bluten lässt. Scheiße, ich werde trotzdem in Schwierigkeiten geraten.

Als ich in die Hocke gehe, um die Verletzungen der messerschwingenden Verrückten zu begutachten, höre ich Sofi neben mir verzweifelt schreien. Ihre Hände sind blutverschmiert, als sie versucht, eine Wunde in Sienas Seite zu schließen, die bewusstlos auf dem Boden liegt.

Kapitel 22

Sofia

„Die Schlampe hat sie mit dem Messer gestochen!",
schreie ich am Rande eines Nervenzusammenbruchs,
während ich versuche, die Wunde zusammenzudrücken,
um die Blutung zu stoppen.

Siena hat das Bewusstsein verloren, ihr Körper liegt
schlaff in meinen Armen, und obwohl ich eine erfahrene
Ärztin bin, kann ich in diesem Moment nur flehend zu
Arya schauen, damit sie übernimmt.

„Du bist die Chirurgin, verdammt noch mal", flüstere
ich, als ob die arme Arya die nötige Ausrüstung hätte, um
die Wunde zu schließen.

„Ruf einen Krankenwagen und die Polizei", befiehlt
Arya, die sich neben meine Freundin kniet. „Wenn du
siehst, dass der Wichser aufwacht, trittst du ihr in den
Kopf", fügt sie hinzu und zeigt auf die Frau, die uns
angegriffen hat.

Zitternd und mit Blut an den Händen wähle ich die
Notrufnummer und sage, wo wir sind, fordere einen

Krankenwagen und die Polizei an und erkläre, was passiert ist.

„Wie geht es ihr?", stottere ich vor Angst.

„Ich kann nicht mit Sicherheit sagen, ob es irgendwelche Organe beeinträchtigt hat."

„Das weiß ich, verdammt noch mal. Was denkst du? Sie ist ohnmächtig", beharre ich nervös.

Arya bittet mich, mich zu beruhigen, und versichert mir, dass sie, wenn ich wetten müsste, sagen würde, es sei ein sauberer Schnitt und es seien keine Organe verletzt worden. Was den Schockzustand anbelangt, so meint sie, dass er eher auf die Angst zurückzuführen ist, die sie erlitten hat, als auf die Schwere der Wunden.

„Ich denke, sie wird es gut überstehen und eine coole Narbe haben", scherzt sie.

Plötzlich erlangt Siena das Bewusstsein wieder. Ihr Atem ist flach und schnell, wie der eines verlorenen Welpen. Ihre blauen Augen, wild vor Angst, suchen die meinen, betteln um Vertrauen, aber ich bin mir sicher, dass mein Blick die gleiche Angst widerspiegelt wie der ihre.

„Wir haben dich unter Kontrolle, keine Sorge", versichert Arya ihr.

Siena blinzelt nur und nickt leicht, legt ihre blutige rechte Hand auf die von Arya, als wolle sie ihr für das, was sie tut, danken.

„Tritt diese Schlampe noch einmal", ruft Arya, als sie sieht, dass sich unsere Angreiferin zu bewegen beginnt.

Und ich, der ich noch nie jemanden geschlagen habe, ich, der ich der friedlichste Mensch der Welt bin, trete ihr ohne nachzudenken gegen die Schläfe und sie wird wieder bewusstlos.

„Wow, bist du sicher, dass du nicht aus meinem Viertel kommst?", scherzt meine Freundin, um die Gemüter zu beruhigen.

Zum Glück trifft bald der Krankenwagen ein, begleitet von einer Polizeistreife. Arya erklärt mir, was passiert ist, da ich nur schwafeln kann, und überzeugt die Beamten davon, dass wir Siena ins Krankenhaus begleiten müssen und sie deshalb später unsere Aussage aufnehmen müssen.

„Ich habe Dr. Davis angerufen, wir haben zusammen studiert, und das ist das nächstgelegene Krankenhaus", sagt sie, nachdem sie aufgelegt hat. „Keine Sorge, ich gehe mit ihr in den Operationssaal und sorge dafür, dass sie eine sexy Narbe bekommt", fügt sie mit einem Augenzwinkern hinzu.

Der Krankenwagen fährt die breiten Straßen von Los Angeles entlang, der Klang der Sirene ist ein Hoffnungsschimmer in meinen Ohren, während ich neben Siena sitze und versuche, ihr zu versichern, dass alles gut werden wird. Arya folgt uns auf ihrem Fahrrad und die Tatsache, dass sie mit ihr in den OP geht, gibt mir viel mehr Vertrauen. Sie hat mir versichert, dass Dr. Davis ein hervorragender Chirurg ist, aber ich weiß, dass Arya nicht zulassen wird, dass ihr etwas zustößt.

∗∗∗

Das Wartezimmer des Krankenhauses ist ruhig und fast leer. Nur eine Handvoll Leute. Eine Mutter mit ihrem Sohn, eine Frau mit ihrem Mann, ein Großvater mit seinem Enkel warten auf die Ergebnisse, um nach Hause zu gehen. Der orange-rote Schein des Automaten beleuchtet die Metallsitze, während die Leuchtstoffröhren über uns die Realität zu verzerren scheinen.

Während ich warte, stelle ich fest, dass ich zum ersten Mal als Nutzer in einem Wartezimmer bin, zumindest soweit ich mich erinnern kann, und die Kälte fühlt sich seltsam an. Die Zeit scheint eine Ewigkeit zu dauern, mein rechtes Bein zittert, während ich auf die Zeiger einer großen Metalluhr starre, verdammte Zeiger, die sich nicht bewegen, während ich nervös schlucke.

„Dr. Wilson", unterbricht eine Krankenschwester, "bitte folgen Sie mir."

Ich versuche, ein Lächeln auf meine Lippen zu zwingen, während ich hinter der Krankenschwester einen langen Korridor entlang gehe, bis wir einen Raum erreichen, in dem ich Arya finde. Sie unterhält sich mit Siena, die ihre Gesichtsfarbe wiedererlangt hat.

Ihre schönen blauen Augen scheinen wieder zum Leben erwacht zu sein, und sie lächelt mich an, als ich eintrete.

„Was für ein Abenteuer", scherzt sie, schließt die Augen und schüttelt leicht den Kopf. „Es tut mir leid, dass du das durchmachen musstest", entschuldigt sie sich.

„Das Wichtigste ist, dass es dir gut geht, Liebling", versichere ich ihr und nehme ihre Hand in meine.

„Es tut mir leid, dass ich dich angelogen habe. Ich würde dir gerne alles erklären", murmelt sie mühsam.

„Dafür ist noch Zeit, keine Sorge", unterbreche ich sie und beuge mich vor, um sie auf die Stirn zu küssen.

Siena

Die Sirene des Krankenwagens beginnt zu heulen, sobald das Fahrzeug anspringt. Ein hoher Ton, wie ein Schmerzensschrei. Mein Körper liegt auf der Bahre, eine Sauerstoffmaske bedeckt mein Gesicht. Meine Seite ist blutverschmiert, meine Bluse ist karmesinrot gefärbt und beginnt sich zu verdunkeln. In der Wohnung habe ich kaum Schmerzen gespürt, vielleicht wegen des Adrenalins, das durch meinen Körper strömte, aber jetzt sind die Schmerzen trotz der Schmerzmittel, die ich über eine Infusion bekomme, sehr stark.

Mein Blut riecht nach Eisen, nach Erde. Sofia hält meine Hand, als sie sich neben mich setzt, und in ihren Augen stehen Sorgen. Ihre Haut leuchtet in dem schwachen rosa Licht im Krankenwagen. Meine langsame und flache Atmung kontrastiert mit dem schnellen Tempo des Herzmonitors, an den ich angeschlossen bin.

Zwischen schmerzhaften Stöhnen flehe ich Sofi an, mir zu verzeihen, aber die einzige Antwort, die ich bekomme, ist, zu schweigen und meine Kräfte zusammenzuhalten, mit einem gelegentlichen "Ich liebe dich", das mich mit Freude erfüllt.

Der Krankenhausflur nimmt eine Ewigkeit in Anspruch, die fluoreszierenden Deckenleuchten gleiten über mich hinweg, während die Trage mit den Krankenschwestern dahinfliegt. Hetzen, schreien, noch mehr hetzen.

Im Operationssaal schwebe ich wie auf einer Wolke. Es gibt Licht, viel Licht ... und Kälte. Ich habe Angst.

„Du wirst schon wieder, du kleines Arschloch", lächelt Arya, während sie mir durch einen dünnen Latexhandschuhüber die Stirn streicht.

Alles verschwimmt, die Zeit ist lückenhaft. Ich spüre den Schmerz nicht mehr und denke mir, dass es mir nichts ausmachen würde, wenn sie mir im Operationssaal etwas zur Beruhigung einflößen würden.

„Du hast großes Glück gehabt", verkündet Arya, die neben mir sitzt.

Ich weiß nicht einmal, wie ich in diesen Raum gekommen bin. Ich neige meinen Kopf und lächle. Ein fast unhörbares "Vielen Dank" entweicht meinen Lippen. Arya lächelt zurück und drückt meine Hand in ihrer, und zum ersten Mal an diesem Tag fühle ich mich beruhigt.

Mein Herz schlägt Purzelbäume, sobald Sofia den Raum betritt. Sie ist blass, ihre Augen sind voller Sorgen, aber Arya sagt ihr schnell, dass alles in Ordnung ist.

„Ich habe eine sexy Narbe auf ihrer Seite hinterlassen", scherzt er.

Die anfängliche Freude, Sofia zu sehen, verwandelt sich plötzlich in Schmerz, in Reue über das, was ich getan habe. Ich wollte aus ihrem Leben verschwinden, ich dachte, das wäre das Beste, aber jetzt, als ich ihr Lächeln sehe, ist mir das nicht mehr so klar. Sie vermittelt mir eine Ruhe, die ich nicht gewohnt bin, es ist, als könnte sie mir einen Teil ihres inneren Friedens geben.

Wäre meine Psycho-Ex nicht gewesen, hätte ich sie nie wieder gesehen. Scheiße, meine Ex.

„Wo ist Claudia?", stottere ich, als ich sie mit blutigem Gesicht auf dem Boden liegen sehe.

„Sag mir nicht, dass du dir Sorgen um diese verrückte Frau machst", ärgert sich Arya und ihre Augen weiten sich.

„Ich will nur wissen, dass sie nicht frei herumläuft."

„Es wird ihr gut gehen. Sie ist im Krankenhaus, wird aber von der Polizei bewacht. Zum Glück hat sie keine ernsthaften Verletzungen, so dass ich nicht glaube, dass

Arya Ärger bekommt, weil sie sie verprügelt hat", erklärt Sofia.

„Übrigens habe ich eine ziemlich hässliche Vase, die du in deinem Wohnzimmer hattest, über ihrem Kopf zerbrochen. Ich werde dafür bezahlen", entschuldigt sich Arya.

„Es ist alles in Ordnung", versichere ich ihr mit einem Seufzer. Meine Großmutter hätte gerne gewusst, dass ihre Vase aus der Ming-Dynastie mein Leben gerettet hat."

Sofi und Arya schauen sich erstaunt an, als ob sie sich fragen, ob es nicht besser gewesen wäre, meiner Ex einen anderen, billigeren Gegenstand über den Kopf zu ziehen.

„Es ist alles in Ordnung, wirklich", betone ich und schüttele leicht den Kopf.

„Es ist nur so, dass die Schlampe den ganzen Weg über high war. Sie schien die Schläge, die ich ihr versetzte, nicht zu spüren", fügt Arya hinzu und öffnet ihre Hände zur Entschuldigung.

Kapitel 23

Siena

Die Ruhe und der Frieden, die Sofia mir verschafft, verschwinden, sobald mein Vater mit seinem Anwalt eintritt. Er sieht Sofia an und lässt dann seinen Blick auf unseren ineinander verschlungenen Händen ruhen. Meine erste Reaktion ist, meine Hand wegzuziehen, aber Sofi drückt sie, als wolle sie mir Kraft geben.

Glücklicherweise ergreift der Anwalt meines Vaters das Wort und sagt zu Arya, dass die Polizei sie wegen der von ihr verursachten Verletzungen nicht anzeigen wird. Er glaubt auch nicht, dass meine Ex Anzeige erstatten wird, obwohl mein Vater in diesem Fall alle Kosten für die Verteidigung tragen würde.

Er erklärt, dass sie nicht nur mit einer einstweiligen Verfügung in meine Wohnung eingebrochen ist und mir Verletzungen zugefügt hat, sondern auch mehr als genug Fentanyl bei sich hatte, um eine Verurteilung wegen Drogenhandels zu rechtfertigen.

„Es tut mir leid, dass ich dir nicht geglaubt habe, als du mir gesagt hast, dass du nichts mit dem Fentanyl zu tun hast, das die Polizei bei dir beschlagnahmt hat", sagt mein Vater, ohne den Blick von meinen Fingern abzuwenden, die mit denen von Sofia verschränkt sind.

Ich nicke leicht mit dem Kopf und ein Lächeln umspielt meine Lippen. Für meinen Vater ist eine kurze Entschuldigung schlimmer als lebendig verbrannt zu werden.

Dann wendet er sich an Arya, die er mit Fragen über die Operation, meine Verletzungen und meine Genesung löchert, obwohl er sowohl mit der Arbeit der Chirurgin als auch mit ihren Erklärungen sehr zufrieden zu sein scheint. Dennoch sagt er mir, dass ich morgen ins Collins Memorial verlegt werde, um meine Genesung fortzusetzen.

∗∗∗

„Es ist, als wäre man in einem Luxushotel. Ich war noch nie in diesem Krankenhauszimmer, ich wusste nicht einmal, dass es existiert", sagt Sofia und schaut sich in der riesigen Suite um, in der ich mich erhole.

„Es wurde gebaut, als mein Großvater krank wurde", erkläre ich. „Jetzt wird es nur noch für wichtige Patienten verwendet, die Privatsphäre benötigen."

„Wie dich?"

„Es macht mir keinen Spaß, in dem Zimmer zu bleiben, in dem mein Großvater gestorben ist", gebe ich zu und senke meine Stimme.

„Jetzt, wo es dir besser geht, sollten wir ein paar Dinge besprechen", sagt Sofi, zieht die Augenbrauen hoch und seufzt.

Ich nicke, und an ihrem Gesichtsausdruck sehe ich, dass ihr das Gespräch, das wir führen müssen, genauso unangenehm ist wie mir, aber es muss getan werden.

„Sofia, es tut mir so leid. Du kannst dir gar nicht vorstellen, wie sehr es weh tut", gebe ich zu und wende meinen Blick ab, um ihr nicht in die Augen zu sehen.

„Warum hast du es getan? Warum bist du verschwunden, ohne etwas zu sagen? Warum hast du mir nicht vertraut? Ich verstehe gar nichts, Siena. Ich habe Dinge für dich empfunden, die ich noch nie für jemanden empfunden habe. Ich möchte deine Gründe verstehen, das möchte ich wirklich."

Sie nimmt meine Hand in ihre und drückt sie fest, als wolle sie sich an ein vergangenes Gefühl klammern, an eine Zeit, in der zwischen uns alles gut war.

„Ich weiß gar nicht, wo ich anfangen soll", gebe ich achselzuckend zu.

„Beginne mit dem gewünschten Teil, der für dich am einfachsten ist.

„Ich habe dir nichts von der gemeinnützigen Arbeit erzählt, weil selbst mein Vater mir damals nicht geglaubt hat."

„Ich hätte dir geglaubt", seufzt Sofia.

„Ich weiß, aber es war sehr schwer für mich. Du hast keine Ahnung, wie schwer es ist, damit umzugehen, dass dein eigener Vater dir nicht glaubt. Als die Polizei mich mit all dem Fentanyl erwischte, nahm mein Vater an, es sei für mich bestimmt. Ich habe ihm erklärt, dass es Claudia war, die es genommen hat, dass ich es nur gekauft habe, aber er wollte nicht zuhören. Ich verstehe, dass die Polizei mir nicht geglaubt hat, aber dass mein eigener Vater es nicht tat, war zu hart.

„Du hättest mir vertrauen sollen. Ich verstehe, dass wir noch nicht lange zusammen waren, aber ich hätte dich ohne zu zögern unterstützt", versichert mir Sofi.

„Es tut mir leid", sage ich erneut. „Dass ich deine Wohnung verlassen habe, ohne etwas zu sagen, war nur zu deinem Besten."

„Zu meinem Besten? Wie zum Teufel kann das sein? Ich dachte, es geht uns gut, ich dachte, es klappt", klagt Sofia mit einem deutlichen Zucken.

„Ich habe versucht, dich zu beschützen."

„Vor wem soll ich beschützt werden?"

„Vor mir und meiner verrückten Ex-Freundin", erkläre ich.

„Ich verstehe dich nicht."

„Claudia hatte mir Bilder von dir und mir geschickt, auf denen wir uns an den Händen halten und rote Kreuze auf dem Kopf haben. Ich wollte nicht, dass dir etwas zustößt", sage ich und drücke ihre Hand.

„Und vor dir, warum?"

„Weil ich gebrochen bin, Sofia. Du bist ein wunderbarer Mensch, vielleicht der beste Mensch, den ich je in meinem Leben getroffen habe. Du bist gut mit all den positiven Dingen, die dieses Wort mit sich bringt. Ich weiß nicht, ob ich eine Lösung habe, ich bin so kaputt und du verdienst jemand besseren als mich", gestehe ich, blinzle und beiße mir auf die Unterlippe.

„Meinst du nicht, dass das meine Entscheidung ist und nicht deine? Meinst du nicht, dass ich diejenige sein sollte, die entscheidet, ob ich es wert bin, mit dir zusammen zu sein? Du hast kein Recht, allein zu entscheiden und von mir wegzugehen, um mich zu schützen. Wenn ich eine Beziehung riskieren will, dann tue ich das, ich bin sechsunddreißig Jahre alt, ich bin kein Kind mehr, das man beschützen muss", schimpft Sofia mit mir.

„Ich weiß nicht, was ich sagen soll", seufze ich.

„Ich hätte für dich gekämpft, Siena. Ich konnte spüren, dass du eine schwere Zeit hattest, und ich war bereit, alles zu tun, um an deiner Seite zu bleiben.“

„Du weißt nicht, was für ein Scheißkerl mein Vater sein kann. Meine Eltern wild entschlossen, mich mit dem Sohn eines ihrer Freunde zu verheiraten, oder zumindest mit dem Erben einer Geschäftssaga. Sie würden dich als Bedrohung ansehen und du könntest sogar deinen Job verlieren", versichere ich ihr und wische mit den Fingerspitzen die Tränen weg, die mir aus den Augen kommen. „Das Familienunternehmen ist für ihn das Wichtigste.“

„Was willst du?"

„Das spielt keine Rolle."

„Was willst du?", wiederholt Sofia.

„Ich möchte mein Medizinstudium aufgeben und in einer NRO arbeiten, um armen Menschen zu helfen. Ich möchte das Geld meiner Familie nutzen, um das Leben anderer Menschen zu verbessern, nicht um noch mehr Geld zu verdienen. Was ich wirklich gerne tun würde, ist etwas Ähnliches wie mein Freund Marlo mit seiner Stiftung für Obdachlose zu tun. Ich habe dort viele Stunden ehrenamtlich gearbeitet und war jeden Tag glücklich."

„Warum tust du es nicht? Du bist siebenundzwanzig Jahre alt. Du bist kein Kind. Ich verstehe, dass deine Eltern nicht wollen, dass du ihr Geld dafür anrührst, aber es spricht nichts dagegen, dass du dir eine Stelle bei einer Stiftung suchst. Ich habe gesehen, wie gut du es geschafft hast, den Flug für meinen Patienten nach Houston für die experimentelle Behandlung zu organisieren, und du bist sehr gut darin. Jede Stiftung würde dich lieben. Mit dem Gehalt, das man bei dieser Art von Arbeit bekommt, kann man zwar nicht den Lebensstandard halten, den man jetzt hat, aber man ist wenigstens glücklich", erklärt Sofia, als ob ich das nicht wüsste.

„Ich kann nicht, Sofi."

„Ich verdiene genug Geld, um uns beide problemlos zu ernähren. Wir könnten zusammen leben und..."

„Sofia, es tut mir leid", unterbreche ich. „Das wird niemals geschehen. Das bin ich meiner Familie schuldig. Ich bin ein Einzelkind, und jemand muss das Familienerbe weiterführen, auch wenn ich keine Lust dazu habe. Der Familienname verpflichtet, wie mein Vater sagt."

„Wir sind nicht mehr im Mittelalter, wo man sein Reich um jeden Preis aufrechterhalten muss", beklagt sie.

„Es ist zu tief in mir drin. Ich muss es tun, ich weiß, ich werde nie glücklich sein, aber es ist meine Verantwortung. Ich weiß, dass du das nicht verstehst, aber es passiert viel häufiger, als du denkst, und ich bin kein Einzelfall."

Sofia stößt einen langen Seufzer aus, einen Seufzer der Resignation. Es gibt keine Worte, sie weiß, dass unsere Beziehung zu Ende ist, nicht aus Mangel an Liebe, sondern wegen familiärer Verpflichtungen. Ich werde sie für immer in meinem Herzen tragen, sie wird immer bei mir sein und ich werde die kurze Zeit, die wir zusammen waren, als eine glückliche Zeit in Erinnerung behalten, trotz allem, was sie umgab.

Ich bin sicher, dass ich mich eine Million Mal fragen werde, was hätte sein können und was nie sein wird. Eingesperrt in einem schicken Büro, während ich mich in ein kaltes, berechnendes Miststück wie mein Vater verwandle, werde ich an Sofia und all ihre Güte denken. Vielleicht wird diese Erinnerung mich menschlicher machen.

Kapitel 24

Sofia

Der moderne und imposante internationale Flughafen von Los Angeles ist vollgestopft mit Gebäuden und Verkehr. Am Himmel über uns drängen sich die Flugzeuge in einem ständigen Strom von Landungen und Starts.

Als ich den Wagen anhalte, halte ich das Lenkrad fest umklammert, bis meine Knöchel weiß werden, um mich in der Gegenwart zu verankern, aus Angst vor dem, was als Nächstes passieren wird.

Siena versucht, ein Lächeln auf ihre Lippen zu zaubern, aber es gelingt keinem von uns, es vorzutäuschen, als wir das geschäftige Treiben im Hauptgebäude betreten.

In etwas mehr als zwei Stunden wird sie in einem Flugzeug nach London sitzen. Zehneinhalb Stunden später wird sie an ihrem Ziel ankommen und wir werden uns vielleicht nie wieder sehen. Es bricht mir das Herz, als ich die Traurigkeit in ihren Augen sehe, denn sie ist sich völlig bewusst, dass sie diese Entscheidung nicht für sich selbst, sondern für ihren Vater getroffen hat. Er hat entschieden, dass es das Beste für Siena ist, ihre Karriere in London zu beginnen, in einem der Unternehmen des Familienkonglomerats, weit weg von ihren Problemen in den Vereinigten Staaten und weit weg von mir.

„Siena, das musst du nicht tun", erinnere ich sie, als wir uns dem Eingang zum Einstiegsbereich nähern.

Sie antwortet nicht, seufzt nur und zuckt mit den Schultern, wobei kleine Tränen in ihren schönen blauen Augen aufsteigen, die jetzt traurig und trüb sind.

„Ich glaube, ich habe es dir schon gesagt, aber es tut mir leid", flüstert sie, bevor wir uns in einer ewigen Umarmung vereinen.

„Du hast es mir eine Million Mal gesagt und ich verstehe es immer noch nicht", protestiere ich. „Du opferst dein Glück für die Wünsche deines Vaters."

„Es ist das Beste für meine Familie", wiederholt sie noch einmal, als hätte sie nicht in den letzten zwei Wochen tausendmal versucht, mir die Familientradition zu erklären.

Ich streichle ihren Rücken, spüre die Nässe der Tränen auf ihrer Wange, salzige Küsse, die wie ein Abschied für immer klingen, bis Siena sich von mir trennt.

Sie beißt sich vor Schmerz auf die Unterlippe und schüttelt den Kopf, während sie versucht, die Tränen, die ihr in die Augen steigen, wegzuwischen. Sie zuckt wieder mit den Schultern, als wolle sie sich entschuldigen, aber die Worte kommen nicht aus ihrer Kehle heraus.

„Ich gehe besser", flüstert sie, "es ist zu schmerzhaft."

Ich nicke und streichle ihren linken Arm, meine andere Hand verschränkt sich mit ihrer, keiner von uns will loslassen, wir wollen um jede zusätzliche Sekunde kämpfen, die wir zusammen haben können.

„Ich rufe dich an und besuche dich in ein paar Monaten, es muss ja nicht für immer sein", lügt sie, obwohl wir beide wissen, dass es nicht so sein wird.

Sie legt die Metallgegenstände in einen durchsichtigen Plastikkorb und wirft einen letzten Blick auf mich, bevor sie die Sicherheitskontrolle passiert, die sie zum Boarding-Bereich bringt. Ihre Augen füllen sich mit Tränen und sie wirft mir einen Kuss zu, an den ich mich gerne für immer erinnern möchte.

Ich stoße einen langen Seufzer aus, verfluche ihre Entscheidung und kann sie nicht verstehen, so sehr ich mich auch bemühe. Wie weit kann das Pflichtbewusstsein der Familie gehen, wenn es um

Geschäfte geht? Ich werde es wohl nie verstehen können, weil ich es nicht erlebt habe, aber Sienas Leben scheint davon bestimmt zu sein, und das macht sie fertig. Sie weiß das, und dennoch ist sie bereit, ihr Glück aufzugeben.

Ich laufe benommen durch die Menge, schlurfe mit den Füßen und will so schnell wie möglich aus diesem verdammten Flughafen herauskommen. Ich glaube nicht, dass ich dorthin zurückkehren kann, ich werde mich an dem Tag, an dem ich ein Flugzeug erwischen muss, nach einem der anderen Flughäfen der Stadt umsehen. Ich konnte die Erinnerung an das Bild von Siena nicht ertragen, wie sie mit Tränen in den Augen die Sicherheitskontrolle durchquerte.

„Sofia", höre ich in der Ferne, aber ich denke mir nicht viel dabei. Zweifellos beginnt mein Unterbewusstsein, mir Streiche zu spielen, und ich denke, ich höre Sienas Stimme, obwohl ich weiß, dass sie es nicht sein kann.

Ein guter Freund erzählte mir einmal, dass er, als er sich von seiner Freundin trennte, dachte, er hätte sie auf der Straße gesehen. Jede Frau mit ähnlichen Merkmalen erinnerte ihn an sie, und er glaubte, ihre Stimme in jedem Gespräch zu hören, das ihm zu Ohren kam. Der menschliche Verstand kann manchmal ein echter Bastard sein.

„Sofi", höre ich wieder.

Ich bleibe stehen und drehe mich um. Ich bemerke eine entfernte Unruhe in dem Bereich, in dem sich der Sicherheitskontrollpunkt befindet. Mehrere Fahrgäste und ein paar Sicherheitsbeamte scheinen sich mit einer Frau zu streiten, die darauf besteht, in die entgegengesetzte Richtung zu gehen.

Ich bleibe stehen, mehr aus Neugierde als aus Hoffnung, und muss mehrmals blinzeln, als ich erkenne, dass die Frau, die in die entgegengesetzte Richtung zu gehen versucht, Siena ist, die immer wieder meinen Namen schreit.

Ich renne auf sie zu, die Sicherheitskräfte lassen sie aus lauter Verzweiflung passieren, und wir verschmelzen in einem scheinbar endlosen Kuss.

„Was zum Teufel machst du da?", frage ich, ohne zu verstehen, was los ist.

„Ich bleibe. Scheiß auf die Firma", schreit Siena und drückt meinen Körper zusammen, als wolle sie mich brechen.

„Du klingst wie Arya", necke ich und küsse erneut ihre Lippen.

„Ich war mir noch nie in meinem Leben einer Sache so sicher, ich hoffe nur, dass mein Vater dich nicht feuert", fügt sie hinzu.

„Wenn er mich feuert, kann er mich mal, auch wenn er dein Vater ist", scherze ich, "ich werde ein anderes Krankenhaus finden. Es ist sowieso nicht cool, an einem Ort zu arbeiten, an dem der Name deiner Freundin steht."

„Du bist eine Idiotin", flüstert sie und bedeckt meinen Hals mit Küssen.

Als wir uns schließlich für ein paar Augenblicke trennen, kann ich kaum glauben, was da passiert. Noch vor wenigen Minuten waren wir beide tieftraurig, verzweifelt und wussten, dass unsere Beziehung den Bach runtergeht. Jetzt lachen wir und umarmen uns inmitten einer Menschenmenge, die uns ansieht, als wären wir verrückt geworden, obwohl es uns beide nicht im Geringsten interessiert.

Und als wir Hand in Hand zu meinem Auto gehen, unsere Finger ineinander verschränkt, ohne auch nur anzuhalten, um ihre Koffer zu holen, überkommt uns ein

Glücksgefühl, das schwer zu erklären ist. Wir wissen beide, dass es nicht einfach sein wird. Jetzt ist es an der Zeit, sich ihrer Familie zu stellen, gegen die Wunden in ihrer Seele zu kämpfen, gegen die Geister ihrer Vergangenheit. Wir werden mit meinem Zeitplan jonglieren müssen, aber wir wissen beide, dass wir alles geben werden, damit es klappt. Wir wissen, dass es kein Zurück mehr gibt und dass wir nicht umkehren werden, auch nicht, um an Fahrt zu gewinnen.

Epilog

Arya – Ein Jahr später

Vom Rand des Pools aus hat man einen wunderbaren Blick auf den Ozean. Die Sonne spiegelt sich im seichten, blauen Wasser und der weiße Sand des Strandes bildet einen perfekten Kontrast.

Die Villa liegt auf einem Hügel, ihre gepflegten Gärten sind ein wahres Farbenmeer. Blumen aller Farben und Arten wachsen um uns herum, und ihr Duft wird von der leichten Brise wie ein parfümierter Mantel getragen und vermischt sich mit dem Geruch des gegrillten Fleisches, das ich auf einem großen Grill zubereite.

Mein Patenkind, "Mini Arya", die Tochter von Laura Park und Daniela McKenna, spielt angeregt mit Lucas, unserem alten Golden Retriever. Jaime, der Sohn von Patricia, schaut derweil auf sein Handy. Manchmal erscheint es mir unmöglich, dass er so alt ist. Die Zeit vergeht wie im Flug, wenn man glücklich ist.

Während ich die Rippchen wende und einige Gewürze hinzufüge, die meine Mutter aus Indien mitgebracht hat, staune ich darüber, wie sehr sich das Leben von Sofia und Siena im letzten Jahr verändert hat.

Ich hatte meine Zweifel, ob sie ihrem Vater die Stirn bieten könnte, aber mit Sofis Hilfe hat sie es geschafft und leitet jetzt eine nach ihrem Großvater benannte Stiftung, die das Leben vieler Menschen verändert. Nicht, dass ihre Familie mit ihrer Entscheidung glücklich wäre, aber sie hielten es für besser, sie glücklich zu sehen und einen externen Manager zu suchen, der die Leitung der Unternehmen übernimmt, wenn die Zeit für sie gekommen ist.

„Es riecht wunderbar", flüstert Siena, als sie sich mit Sofia an der Hand dem Grill nähert.

„Es schmeckt noch besser", versichere ich ihr und streue ein wenig Garam Masala auf die leckeren Rippchen.

Nachdem das Problem ihrer Eltern gelöst war, bestand Sienas größte Sorge darin, dass ihre Ex, Claudia, früher oder später aus dem Gefängnis entlassen werden würde. Der Schwachkopf versuchte jedoch, ihre Strafe zu verringern, indem sie den Namen "Fastfoot" bei der Polizei fallen ließ, und mit so etwas sollte man nicht herumspielen. Das ist schlecht fürs Geschäft.

Natürlich hat "Fastfoot" ihr über zwei Insassen desselben Gefängnisses eine "Nachricht" geschickt, und ich bin sicher, dass sie, sobald sie aus dem Gefängnis kommt, so weit wie möglich von Los Angeles entfernt leben wird und wir sie hier nicht mehr sehen werden.

„Erinnerst du dich daran?", fragt Siena, als wir das Haus betreten.

„Scheiße! Die Vase, die ich auf dem Kopf deiner Ex-Schlampe zerschmettert habe. Was hast du mit ihr gemacht?", frage ich, als ich sehe, dass sie sie auf seltsame Weise wieder zusammengesetzt haben.

„Ich habe sie an einen japanischen Meister der Kintsugi-Kunst geschickt. Er hat sie repariert, indem er die Teile der Vase mit Gold, nun ja, Harz mit Goldstaub, zusammengefügt hat", erklärt Siena und zeigt mir die Details. Die Philosophie der Kintsugi-Kunst besagt, dass diese Narben Teil der Geschichte der Objekte sind und daher nicht versteckt werden sollten. Es soll Schönheit durch Zerbrechlichkeit und Widerstandsfähigkeit zeigen und das Original aufwerten", fügt sie hinzu.

„Es sieht schön aus", gebe ich zu, ohne es zu sehr anzufassen, damit es nicht wieder kaputt geht.

„Es erinnert mich daran, was Sofia mit mir gemacht hat", so Siena weiter. „Ich war gebrochen, und sie hat mich mit Liebe und Verständnis wieder zusammengebracht. Mit viel Geduld hat sie meine emotionalen Wunden geheilt. Meine Narben sind immer noch da, aber ich bin stärker und besser als vorher", gibt sie seufzend zu, während sie ihre Arme um die Taille ihrer Freundin schlingt und sie zu einem Kuss heranzieht.

Weitere Bücher der Autorin

Links zu allen meinen aktuellen Büchern finden Sie auf meiner Amazon-Seite.

Wenn Ihnen dieses Buch gefallen hat, werden Ihnen wahrscheinlich auch die folgenden Bücher gefallen: (Und bitte vergessen Sie nicht, eine Rezension auf Amazon oder Goodreads zu hinterlassen. Das kostet keine Zeit und hilft anderen Leuten, meine Bücher zu finden).

Die „Collins Memorial Hospital"-Serie. In sich abgeschlossene Bücher, die ein Krankenhaus und einige der Figuren mit diesem Buch gemeinsam haben.

Dr. Park

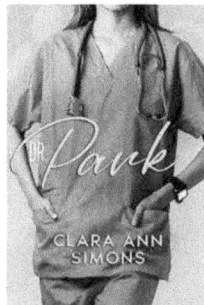

Dr. Laura Park hat eine vielversprechende Karriere als Chirurgin vor sich.

Als ehemaliges Wunderkind wurde sie in einer der besten medizinischen Schulen unter der Leitung der renommierten Daniela McKenna ausgebildet.

Im Alter von siebenundzwanzig Jahren zog sie von Boston nach Los Angeles auf der Suche nach einem kleineren Krankenhaus, das ihr eine schnellere Entwicklung als Chirurgin ermöglichen würde.

Sie ahnte nicht, dass sie sich durch eine Laune des Schicksals als Leiterin der Chirurgie wiederfinden würde, die sich gegen weitaus erfahrenere Ärzte um eine feste Stelle bewirbt.

Vielleicht war es auch Schicksal, dass ihre ehemalige Lehrerin eines Tages in dem kleinen Krankenhaus auftauchte und alte Erinnerungen weckte, ohne ihr den wahren Grund für ihren Aufenthalt in Los Angeles zu nennen.

Mit offenem Herzen

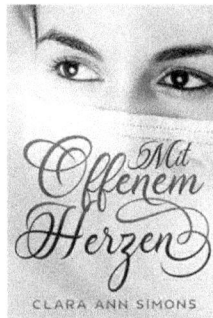

Arya hat nur Zeit für eine Sache: Leben retten als Chirurgin. An einer Beziehung ist sie nicht interessiert. Ihr Leben ist schon zu kompliziert, als dass sie sich noch mit neuen Problemen herumschlagen müsste. Außerdem gibt es da draußen zu viele andere Frauen, als dass sie sich mit einer einzigen zufrieden geben würde.

Patricia möchte nicht nur als alleinerziehende Mutter wahrgenommen werden. Ihr siebenjähriger Sohn füllt ihr Leben aus, aber nachdem sie die giftige Beziehung mit ihrem Ex-Mann hinter sich gelassen hat, sehnt sie sich danach, sich wieder begehrt zu fühlen.

Ein Abend mit ihren Freunden, eine sexy Frau in einem Nachtclub und etwas Alkohol bringen ihre anfänglichen Gedanken ins Wanken.

Glücklicherweise wird Patricia diese Frau nie wieder sehen. Sie hat ihr nicht einmal eine Telefonnummer gegeben, damit ihr kleines Geheimnis gewahrt bleibt. Schließlich ist Los Angeles eine riesige Stadt, um jemandem wieder über den Weg zu laufen. Ein zufälliges Treffen ist unwahrscheinlich.

Aber das Leben ist voller Wendungen, und das Schicksal ist nur allzu kapriziös. Keiner der beiden hat damit gerechnet, sich wiederzusehen, schon gar nicht in einem Krankenhaus, in dem Patricias Sohn notoperiert werden muss.

Werden sie es schaffen, die Chemie zwischen ihnen zu ignorieren?

Werden sie ihren Gefühlen nachgeben und sich gemeinsam ihren Ängsten und Sehnsüchten stellen?

Lügnerin

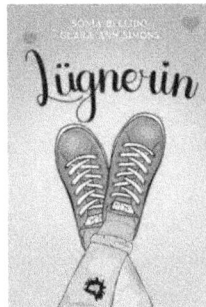

Nina Álvarez hat alles. Sie ist die Kapitänin der Highschool-Basketballmannschaft und eines der beliebtesten Mädchen der Schule. Ganz zu schweigen von ihrer vielversprechenden Karriere als Social-Media-Influencerin.

Eine unglückliche Bemerkung auf einer Party. Ein Video, das sie nicht in den sozialen Medien hätte posten sollen, und eine Reihe widriger Umstände lassen ihr perfektes Image ins Wanken geraten.

Da sie als homophob gebrandmarkt wurde, verliert sie nicht nur in den sozialen Medien an Anhängern, sondern mehrere Universitäten haben beschlossen, ihr Basketball-Stipendien zu entziehen.

In Panik fasst Nina einen schnellen Entschluss: Sie wird mit einem der Mädchen aus ihrer Highschool ausgehen. Jemand, den ihre beliebten Freunde nicht ausstehen können... Alexia Taylor.

Alexia ist das komplette Gegenteil von Nina. Sie ist klug und ruhig und verbirgt ihre sexuellen Vorlieben nicht. Ihr größter Wunsch ist es, eines Tages bei der NASA zu arbeiten, und dafür muss sie perfekte Noten haben.

Ninas Angebot interessiert sie natürlich überhaupt nicht, aber als ihr Freund Cris in die Quere kommt, wird es nicht so einfach sein, es abzulehnen.

Nashville: Lesbische Romanze

Sex, Drogen und Rock 'n' Roll.

Das Leben von Jackie Thomas könnte man in
diesem mythischen Satz zusammenfassen.

Nachdem sie im Alter von 16 Jahren von zu Hause
weggegangen war, zog sie durch das Land und ver-
diente ihren Lebensunterhalt in verschiedenen
Bands als Sängerin oder Gitarristin. Jetzt, mit 28
Jahren, ist sie als Leadsängerin von Black Magic,
einer Heavy"Metal"Band mit einer treuen Fange-
meinde, an die Spitze aufgestiegen.

Mary Crawford ist ein aufstrebender Star der Coun-
try"Musik. Von der Presse als "Prinzessin von
Nashville" betitelt, schlägt sie sich in einer Band
mit ihren beiden älteren Schwestern durch, unter
der strengen Aufsicht ihres Vaters, der jeden
Aspekt ihrer musikalischen Karriere und ihres Lebens bestimmt.

Als sie nach Las Vegas reisen müssen, um von einem Fernsehsender als Juroren für eine Talentshow engagiert zu werden, fliegen die Funken zwischen ihnen. Der starke und unverantwortliche Charakter des einen kollidiert mit dem guten Urteilsvermögen des anderen, aber sie entdecken bald, dass sie mehr gemeinsam haben, als sie zunächst dachten.

Schließlich ist Las Vegas eine Stadt voller Magie. Aber bleibt das, was in Vegas passiert, auch in Vegas?